폴 모랑
일명주 옮김

밤을 열다

Ouvert la nuit

밤을 열다

Ouvert la nuit

내가 없는 동안 파리에서 일어난 모든 일은 1917년부터 시작된 도덕 면의 혁명적인 변화를 확인시켜 주었다. 한 세대가 전쟁에서 돌아왔다. 그들은 과거를 혐오하고 미래를 알고 싶어 했다. 또 자신들에게 미래를 설명해 주고 새로운 세상과 자신들이 살고는 있지만 잘 모르는 세계의 지리를 알려 줄 사람들을 찾았다. 『밤을 열다』, 『밤을 닫다』, 『땅 위에서』는 좋은 반응을 얻었다. 하지만 작가의 공이 아니라 시대적 상황 덕분이다. 책의 성공은 종종 사람과 그 사람이 살던 시대의 만남에 지나지 않는다.

예술은 무엇인가? 시대마다에 그 시대의 예술이 있지 않은가?

의도했든 의도하지 않았든 우리들의 책은 모두 전쟁 이전 시대를 향해 말한다.

"이제 당신들을 묻으려고 한다." ―「베네치아」에서

1922년판 서문

"그동안 뭐 했나?" 내가 물었다.

"이거……"

피에르가 내 손에 노트 한 권을 쥐어 줬다.

"내가 이것만 한 건 아냐. 가장 흥미로웠던 것도 아니고. 하지만 다른 것은 다 잊어버렸어. 기억에 남는 건 방종의 즐거움, 방종의 기억뿐이지."

나는 노트를 열었다. 밤이 여러 번 나왔다.

몇 줄 읽었다.

"밤이 배경이지만 가혹할 정도로 부드러움이 부족한 것 같네……"

피에르가 손톱을 물어뜯었다.

손톱을 물어뜯는 것으로는 충분하지 않았는지 이렇게 덧붙였다.

"나의 밤이 왜 그렇게 빛이라고는 찾을 수 없는 흐릿하고 딱딱한 금속성인지 말해 줄게."

"자네가 나이가 들었기 때문이야. 성숙해져서……"

"성숙? 여기저기 뻣뻣해지고 삐걱거리게 된 거겠지. 그건 성숙이 아냐! 생트뵈브가 한 말이야. 내 말 끊지 말고 잘 들어봐. 얼마 전 신문에서 작가와 지역을 소개한 기사를 읽었어. 프랑스 작가들이 자신이 좋아하는 지방이나 도시, 마을에 관해 쓴 글들을 두 면에 걸쳐 소개했더군. 한 모티프를 여러 화가가 그린 것처럼 서너 작가가 동일한 곳에 대해 쓰기도 했지. 순식간에 프랑스 전역과 식민지를 여행한 셈인데…… 나는 절망하고 말았어. 내 인생은 말야, 외국의 낯선 거리와 호텔 로비, 기차역 로커, 지리적 공간을 빼앗긴 사람들 주위를 맴도는 거였어.(중앙이 아닌 주위에서 맴도는 운명을 부러워하는 사람들도 있지.) 그래서 도덕성은 위치를 특정하기 힘들고 언어는 마구 뒤섞이고……"

"자네의 글에서 종종 그런 걸 느꼈어." 내가 친구의 말을 끊었다.

"안타까워. 완벽한 글을 쓸 수 있었으면 좋겠어. 하지만 하고 싶은 말을 하는 게 먼저야. 자네가 관심 있다면 내가 어떻게 공부를 했는지 나중에 설명해 줄게. 책과 신문을 두서없이 읽고 내 또래 프랑스 사람과 전혀 교류가 없어서 말하는 습관을 잃어버린 것 같아. 프랑스에서 가장 낯설게 느껴지는 것도 그것이야. 여러 해 동안 나이 든 펜싱 교사, 이발사, 현지 여자들 꽁무니만 쫓아다니는 외교관, 탈영병들만 상대했어…… '젊은 친구, 절대 프랑스인들과는 어울리지 말게.' 1905년 뮌헨에 주재한 한 프랑스 외교관이 내게 한 조언이야."

"그때 우리가 만나지 않았나?"

"그때 유대인들을 만났지. 나는 유대인들을 잘 모르지만 공동의 친구인 진실의 여신에게서 많은 얘기를 들었어. 그들은 우리가 생각하는 것보다 덜 영리하고 마음은 더 따뜻하다 너군. 원했던 것은 아니지만 어쨌든 나는 집도 없고 선거등록증도 없는 프랑스인이 되고 말았어. 말끔하게 정돈되었지만, 밤새 여행했던 사람들에게서 나는 지독한 냄새가 풍기는 프랑스에 도착해서 종탑을 볼 때마다, 수탉을 볼 때마다 프랑스를 부정했어. 1000개가 넘는 침대에서 잤어도 나는 절대 잠을 이룰 수가 없었고 길에서는 항상 프랑스 여인들만 생각했지."

"프랑스 여자들 역시 많이 변했어."

"안 그래도 자네에게 말하려고 했어. 프랑스로 돌아와서 보니 프랑스 여자들도 다른 나라 여자들과 크게 다르지 않더군. 말하기 좋아하는 여자들은 이제 어떻게 살아야 할지 모르겠다고 한탄하더라고. 그래서 결심했지. 여인들과 보낸 밤에 대해 자네에게 이야기하기로."

"사랑을 나눈 밤을 말하는 건가?" 내가 물었다.

피에르가 화를 냈다. 그리고 웃음을 터뜨렸다.

1957년판 서문

　　중편 소설은 장편 소설이 겪고 있는 여러 어려움(소설을 쓰는 철학자들에게 영역을 뺏기고 있는 중이고 이야기에서 '나'가 분리되고 목적어와 주어가 차례로 붕괴되고 있다.)을 피하며 든든하게 자리를 지키고 있다. 밀도가 높아 탄탄하기 때문이다. 중편 소설 독자들은 책에서 양식을 찾지 않는 진정한 독자들이다.(책은 식당이 아니다.) 중편 소설에는 먹을 것이 없다. 뼈다귀밖에 없어서 성찰이나 사상이 자리할 공간이 없다. 그래도 다루지 못할 소재는 없다. 처절한 절망까지 소재가 된다.(「텅 빈 가방」[1]과 「벽」[2]을 보시라.) 하지만 절망에 관한 철학은 힘들다. 중편 소설의 인물은 성격이 명확하고 고정되어 있어 현대 장편 소설에서처럼 병에 걸리거나 병에 걸려 죽을 시간이 없다. 중편은 뜨겁고 장편은 차갑다. 중편은 아주 작은 배여서 위대한 인간을

1　La valise vide. 피에르 드리외라로셸(Pierre Drieu la Rochelle, 1893~1945)의 1921년작 중편 소설

2　Le mur. 장폴 사르트르가 발표한 동명 소설집의 첫 소설

태울 수 없다. 반항은 가능하지만 혁명은 불가능하다.

　프랑스 최고의 장편 소설 『클레브 공작부인』, 『마농 레스코』, 『캉디드』는 장편이 아니라 중편이라는 주장이 심심치 않게 제기되고 있다. 적어도 긴 중편이라고 불러도 무방하리라. 나는 소설의 완벽한 길이는 150쪽이라 생각한다. 시간이 지날수록 이 길이가 마음에 든다. 2막짜리 희곡이라고나 할까. 별반 쓸모없는 3막을 천형처럼 써야 하는 희곡 작가들에게 2막 희곡은 이상적인 형식이다.(실제로 3막 희곡은 현재 심각하게 위협받고 있다.) 영화는 어떤가? 길게 늘어진 주제들 속에서 길을 잃고 헤매기 일쑤다. 그리고 1시간 30분이나 2시간이라는 정해진 시간을 채우기 위해 불필요한 장면을 집어넣거나 지나치게 강조하고 반복한다. 결국 영화는 과대 포장되거나 속도의 예술이 아닌 정체의 예술이 되고 만다. 이런 영화와는 달리 소설은 대하소설이 되고 싶지 않다면 긴 중편이 되면 된다.(「버림받은 여자」, 「황금 눈을 가진 소녀」, 「라 팡파를로」가 완벽한 예다.) 기막히게 맛나고 진한 국물 같은 중편은 가는 곳이 확실해서 여기저기 들르지 않고 곧바로 목적지로 독자를 안내한다.(길을 잃고 헤매기를 좋아하는 독자들도 있다. 나도 그중 한 사람이다. 하지만 특별하고 경치가 좋은 곳에서 길을 잃어야 한다. 짠물과 단물이 뒤섞여 있는 석호에 빠져서는 안 된다.)

　1945년에 에드몽 잘루[3] 선생에게 편지를 보냈다. 그 편지에 소설을 쓰기 시작한 35년 전에 내가 무엇을 원했는지 잘 나타나 있다.

3　Edmond Jaloux(1878~1949). 프랑스 마르세유에서 출생한 문학 평론가. 아카데미프랑세즈 회원으로 페미나상 수상자(1910)이기도 하다.

에드몽 선생께

선생께서 『밤을 열다』와 『밤을 닫다』의 외국어판 서문을 써 주시기로 했다고 들었습니다. 1920년 8월 마르세유에 있는 자택 생마르게리트에서 선생은 제게 "이제 글을 쓸 때가 됐다."라고 조언하셨습니다. 그때부터 내가 잘되기를 바라는 이들이 다른 이유에서 "이제 입을 다물 때가 됐다."라고 조언하고 있는 지금까지 저의 25년 문학 여정에 대해 선생만큼 잘 아는 분은 없을 겁니다.

1922년 저의 초기 소설이 출간될 즈음을 떠올려 봅니다. 저에게 글쓰기는 욕망과 청춘 그리고 건강을 표현하는 가장 자연스러운 형태였습니다. 아무리 내용이 가볍다 할지라도 책은 독자와 작가 자신에 대한 약속임을 믿어 의심치 않았습니다. 저는 생각이 없었습니다. 가끔 어떤 생각을 한다고 해도 표현하면 재밌을 것 같은 (그때는 그렇게 표현했습니다.) 진짜 생각과는 반대로 표현하게 됩니다. 분노를 불러일으키고, 자기 비하를 하고, 인생을 조롱하고, 인생에 욕을 퍼붓는 어린 시절의 욕구는 사람들의 마음에 들고 싶은 욕심과 유치한 만족으로 대체되었습니다. 1920년 전쟁이 끝나고 전쟁 전(前) 세대 노인들은(여전히 제2제정 시대를 사는 노인들도 있습니다.) 새로운 풍속에 충격을 받았습니다. 후에 우리가 받을 충격보다 큰 것이었습니다. 오늘날에도 세대 간에 간극이 존재합니다만 그때는 그 간극이 심연이었습니다. 저는 직장에서 선배들에게 존경을 표했지만 그들에게 상상력으로 복수하고픈 강렬한 욕구를 느꼈습니다. 제가 소설을 쓰고 싶었던 이유는 문학을 위해서가 아니라 시대에 한방 날리고 싶어서였습니다. 세상이 변하기 시작했음을 알리는 저만의 방식이었죠.

프랑수아 1세 거리에 있던 반항아를 기억하시죠?(미래의 문화원 조직 말입니다.) 1920년 1월 프랑스 외교 노선에 반기를 든 필리프 베르틀로가 반(反)푸앵카레, 반클레망소 기치를 내걸고 설립한 낯선 소식이었습니다. 저의 첫 소설과 나중의 『벨라』는 베르사유 평화 조약의 순응주의에 대한 저항과 분노의 분위기 속에서 태어났습니다. 『밤을 열다』와 『밤을 닫다』는 가볍게 느껴지지만 회생 불능의 유럽에 대한 애도가입니다. 제가 빠르게, 하지만 빠짐없이 쓰고자 굳게 마음먹었던 것은 소설의 완성이 절박했기 때문입니다. 문학적인 수명은 저에게 중요하지 않습니다. 중요하지 않은 것을 넘어 생각한다는 것 자체가 혐오스럽습니다. 시대의 신중함과 정중함은 빈사 상태의 문명에 눈물 없이 이별을 고하기를 요구합니다. 간단한 이별 통지만으로 충분합니다.

『밤을 열다』와 『밤을 닫다』는 제자리를 찾을 겁니다. 지난 25년간 이 두 소설은 병을 앓았습니다. 이미 1922년에 바레스가 저에게 이를 예언한 바 있습니다. 선생의 지지 덕분에 이제 두 소설이 제 시대를 만난 듯합니다.

1945년 3월 28일 빌라메릴랜드에서 올림

이 서신을 보내고 나서 나는 다시 나 자신 안으로 침잠했다. 누구보다도 놀기 좋아하고 돌아다니기 좋아하지만 더 이상 살지 않기 위해 꼼꼼하게 준비하면서 살았다. 하지만 성공하지 못했다. 해마다 봄이 되면 호기심, 분노, 열정, 끈질긴 청춘의 흔적이 나를 괴롭혔다. 지금도 나는 겨울이 올 것을 믿지 않는 새처럼 노래한다. 첫 두 소설 『밤을 열다』와 『밤을 닫다』를 제대로 떠나보내지 못하고 있다. 아직도 전도유망한 젊은 작가들이 나를 찾아와 굴복을 모르는 인생 이야기에서 진실을 발견했고 이로써 현실의 괴로움에서 벗어날 수 있었다고 말해 주기 때문일까? 감히 꿈도 꾸지 못했던 상찬이다.

차례

1922년판 서문 —— 7

1957년판 서문 —— 10

카탈루냐의 밤 —— 17

터키의 밤 —— 64

스코틀랜드의 밤 혹은 순진한 파리 아가씨 —— 85

로마의 밤 —— 111

6일 자전거 경주의 밤 —— 126

헝가리의 밤 —— 145

달마티아의 밤 혹은 꽃 속의 꽃 —— 156

북구의 밤 —— 185

카탈루냐의 밤

한 여자와 함께 기차 여행을 하게 되었다. 여자 몸의 반은 객차 안에 들어와 있지만 나머지 반은 여전히 차창 밖 로잔 역 플랫폼에 있는 한 무리의 남자들에게 있다. 다양한 국적의 남자들은 모두 찔레꽃을 옷깃에 꽂았다. 기차 경적이 울리고 승객들이 아스팔트 위를 바쁘게 지나갔다. 열차 시간표에 따라 격자 기둥 위에 있는 신호기의 빨간 열매가 아래로 뚝 떨어졌다. 차장이 호각을 불었다. 여자가 창밖으로 손을 내밀어 남자들의 손을 잡았다. 주근깨가 가득한 영국 남자의 손, 두툼한 독일 남자의 손, 송아지 가죽 장갑을 낀 러시아 남자의 손, 손가락이 가는 일본 남자의 손, 마지막으로 종기를 가리려고 머플러로 목을 둘러 묶은 스페인 청년의 구리 반지를 낀 지저분한 손을 차례로 잡았다.

"아디오스, 도나 레메디오스!"

환송객 무리가 갈라졌다. 그 사이로 보랏빛 불빛이 지나고 가벼운 진동과 하얀 증기가 뒤따랐다. 이제 기차는 더는 지체하지 않고 열정적으로 자신의 임무를 시작했다.

기차가 출발하자 잡았던 손이 풀어지고 붙잡고 있던 끈이 떨어졌다. 가벼워진 기차는 속도를 냈다.

"인터내셔널 만세!"

누군가 소리를 질렀지만 차량 회전기의 굉음과 터널의 암흑 속으로 사라졌다. 하지만 여자는 위험한 줄도 모르고 계속 창문 밖으로 몸을 내민 채 손을 흔들었다. 나는 통통한 여자 어깨에 손을 올리고 에나멜 판에 적혀 있는 경고문을 가리켰다.

아이들이 창밖으로 몸을 내밀면 위험하오니 부모님의 각별한 주의 바랍니다.

여자가 몸을 돌려 나를 보고 웃었다.

아름다웠다. 아름답고 귀엽고 흥미로웠다. 기차 여행을 하면서 겪었던 수많은 실망이 한 번에 보상되는 듯했다. 기차에 탔으면 하는 여자는 플랫폼에 남고, 대신 같이 온 남자가 내 옆에 앉게 되는 경우가 허다하다. 남자와 여자 모두 들떠 있고 서로를 애틋하게 쳐다보고 또 옷을 말끔하게 차려입고 있어 마지막 순간까지 누가 기차에 타고 누가 남을지 짐작이 쉽지 않다.

터널을 빠져나온 후에도 여자는 여전히 흥미로웠다. 나는 곤하게 자는 척하며 길 잃은 사람이 지도를 보듯 여행 동반자를 꼼꼼히 살폈다. 머리에서 발끝까지 굴곡이 많은 매혹적인 땅이다. 매일 여권을 보며 인상착의를 확인하는 여권 검사원들이 부럽다. 지문처럼 다양한 사람들의 차갑고 뜨거운 얼굴을 매일 뚫어져라 쳐다볼 수 있다면 얼마나 황홀할 것인가.

사실 여자의 모든 것은 고만고만하고 둥글둥글하다. 볼에 구멍을 뚫은 것 같은 보조개, 두툼한 입술, 이마, 도드라진 광대뼈 모두 둥글다. 45도 각도에서 보는 광대뼈는 눈으로 올라가려는 시선을 붙잡고 거부할 수 없는 방식으로 눈동자를 비스듬하게 자른 후에 장막 뒤로 아무도 모르게 퇴장한다. 하지만 이를 놓치는 사람 없이 모두 매혹되고 만다. 완만하게 상승하는 가슴에는 가짜 진주 목걸이가 단단하게 둘려 있고 젊고 묵직한 턱의 그림자가 아른거리는 두터운 목에서 상승을 멈춘다. 검지에는 다이아몬드로 둘러진 사파이어 반지가 끼워져 있다. 하늘거리는 실크 치마가 짧은 허벅지 사이로 들어가 있고 무릎 위에는 반장갑을 낀 두 손이 가지런히 놓여 있다. 부어 보이는 흰 다리는 바닥에 닿지 않고 공중에 둥둥 떠 있다. 머리는 부드러운 곱슬머리 몇 가닥을 남겨 놓고 모두 귀 뒤로 팽팽하게 잡아 넘겼다. 또 머리에 어찌나 기름을 많이 발랐던지 검은 머리가 모든 빛을 흡수해 하얗게 보일 정도다. 빨래를 짜듯 비틀어 올려 수많은 머리핀으로 고정한 머리는 스페인을 환기했다.

여자는 수놓아진 등받이 천에 머리를 기대고 편하게 잠을 잤다. 나의 최면에 걸리기라도 한 것일까?

제네바 근처를 지날 때 천둥이 쳤다. 기차 소리마저 삼켜 버릴 만큼 큰 소리와 동시에 번개가 산꼭대기로 떨어졌다. 어디서 낑낑거리는 소리가 났다. 여자가 깜짝 놀라 잠에 깨어 무의식적으로 성호를 그었다. 놀란 모양새가 여행을 할 때면 깃털 뽑힌 새가 되는 남쪽 나라 여자들을 닮았다. 그 여자들은, 어린 축은 얼굴이 파랗게 질려 뻣뻣하게 꼼짝 않고 앉아 있고 나이 든 축은 납빛 얼굴로 주렁주렁 단 장신구를 짤랑거리며 부산스럽게 왔다 갔다 한다. 하늘이 비단처럼 쫙 찢어지고 번개가 각하에 꽂혔다. 눈앞에서 터지는 카메라 플래시보다 눈이 더 부셨다. 나는 차창 커튼을 닫았다.

"제가 천둥을 무서워하는 게 아니라…… 바구니 안에 들어 있는 우리 강아지가 천둥을 무서워해요."

이렇게 말하고 여자는 천둥이 화장을 지우기라도 한 것처럼 가방에서 화장품을 꺼내 흰 분가루를 날리며 화장을 고쳤다. 검은 연기에 하얀 증기가 섞이듯 검은 머리칼에 하얀 머리칼이 섞였다. 의자 밑에서 또 낑낑거리는 소리가 났다. 소리가 멈추지 않자 여자는 할 수 없이 "리기의 추억"이라고 적힌 노란색 바구니에서 폭스테리어 한 마리를 꺼냈다. 베이지색 길쭉한 귀를 가진 볼품없는 개였다. 여자를 편하게 해 주려고 나도 가방에서 곰 한 마리와 빨간 망아지 한 마리를 꺼냈다. 그녀는 내 인형 동물들이 근사하다고 칭찬했다. 나 역시 그녀의 강아지가 교외선에 데리고 타도 될 만큼 얌전하다고 칭찬했다.

"못생겼지만 나는 내 강아지 트리크가 좋아요. 이 세상에 내게 남은 유일한 존재거든요."

"그럼 조금 전 기차역에 배웅 나온 사람들은 다 뭐지요? 로잔에 잠깐 머물러 잘 몰라서 그러는데 당신은 매우 유명한 분인 것 같습니다. 카지노에서 자선 공연 하기 위해 로잔에 온 건가요?"

"나는 배우가 아니에요."(마지막 단어를 말할 때 쌀알처럼 작은 이빨 사이로 혀가 잠깐 보였다.) 여자는 나에게 희미한 미소를 지어 보였다. "하지만 가장 끔찍한 세기의 사법 드라마에서 역할 하나를 맡기는 했어요. 제 이름은 레메디오스 시르벤트예요. 작년 봄에 바르셀로나에서 반동적인 경찰과 군인, 교회의 손에 죽임을 당한 에스테반 푸이그가 제 애인이지요."

카탈루냐 출신 무정부주의자 에스테반 푸이그의 죽음에 여느 사람들처럼 나도 작년에 잠깐 관심을 가졌다가 금방 잊어버렸다. 저지른 범죄에 대한 처벌이라고 하는 쪽도 있었고 순교라고 주장한 쪽도 있었다. 여자는 손으로 가슴을 치면서 로잔에서 열린 집회를 열정적으로 설명했다. 그 열정이 놀라울 정도였다. 지금도 여자는 말하면서 몸을 떨었다.

국제 사회주의 사무국은 푸이그의 처형에 대한 법정 시효가 끝나는 것을 막고 스페인 정부를 압박하기 위해 로잔에서 대규모 시위를 조직했다.

"비가 내리는 중에도 로잔 호숫가에 발 디딜 틈 없이 많은 사람들이 모였어요. 그야말로 인산인해였죠. 아파트 발코니에도 호텔 테라스에도 사람들이 빽빽이 들어차고 호기심이 많은 사람들은 지붕 위까지 올라갔어요. 그림엽서가 불티나게 팔리고 입당 신청서가 산처럼 쌓였죠. 각국 대표단은 깃발을 앞세우고 행진을 했어요. 취리히와 루가노 무정부 단체, 러시아 사회 혁명주의자, 인도 민족주의자, 미국 시오니스트, 벨기에와 프랑스 노동 총연맹은 단체의 깃발을 들고 행진을 하고, 영국 독립 노동당 당직자와 제2인터내셔널 간부들은 노래를 하며 걸었어요. 동지들도 로잔에 왔어요. 로사리오, 라코브스키, 반더벨트, 룩셈부르크, 조레스, 번스, 토머스, 리포비치 모두 한자리에 모였죠. 평생 잊지 못할 겁니다."

그녀처럼 인류애라는 나라의 시민이 될 수 있다면 조국이 없대도 상관없지 않을까? 동지들로부터 힘을 얻은 여자는 이제 자신의 의무를 다하기 위해 힘든 길을 가기로 했다. 큰 슬픔을 겪은 뒤 찾아오는 무력감에서 벗어나려고 노력하는 동안 자연스럽게 기운도 되찾았다. 여자는 두려워하지 않고 자신의 신념과 사랑을 지키기로 했다. 푸이그가 평생 일궈 온 과업을 지속하고 대의를 실현하기 위해 쉬지 않고 투쟁하겠다는 것이 그것이다. 에스테반 푸이그는 여자가 어렵게 살지 않도록 상당한 재산을 남겼다. 프티부르주아 출신인 여자는 그늘 한 점 없는 안락하고 풍요로운 생활에 익숙하지만 마음 좋은 과부가 되어 흰 토끼를 키우고 포도 농사를 짓다가 저녁에는 베일을 쓰고 차를 타고 바람을 쐬러 다니는 삶을 살지는 않을 작정이었다. 그녀에게 필요한 것은 국제적인 연대, 유럽의 혼란, 불안한 정세, 선전 활동, 강연회다. 이를 통해 시민의 관심과 마음을 얻고 고인을 기리고 부당한 재판에 대한 재심권을 얻어내야 한다.

그녀의 눈과 입술, 손에서 열정이 묻어났다. 그 열정에는 활기차고 유아적이면서도 사람을 끄는 뭔가가 있다. 썩은 세상에 죄를 묻고 몰락을 경고하는 것이 자신의 이념이라고 진지하게 설명하다가 갑자기 침을 튀기며 무슨 말인지 알아들을 수 없을 정도로 빠르게 장황한 연설을 늘어놨다. 그래도 그녀는 여전히 매력적이다.

새로운 세상에 대한 열망은 그녀를 흥분시키고 들뜨게 했다. 스페인의 열성적인 자비심은 오로지 설득력 있는 호소만이 진정할 수 있는 독선적인 믿음으로 변질되었다. 본질은 인정사정없는 혹독한 종교와 다름없고 형태는 무엇보다 기도에 가까웠다. 새로운 세상에 대한 맹신에 가까운 믿음은 그녀가 낭만적인 신성모독을 시도하고 특히 자신의 권리를 주장하는 데 큰 힘이 되었다. 지금까지 라틴 혁명가들은 작은 것에 만족하고 자신들의 권리를 주장하는 데 서툴렀다.

　"아! 봉사, 지식, 믿음, 사랑…… 이 네 가지가 제 생의 모토입니다."

　그녀는 그것이 무엇을 의미하는지 자신의 생각을 더 발전시키고 싶어 했다. 하지만 그러기 전에 스페인의 여러 정당에 대한 입장을 먼저 내게 설명해 주었다. 어찌나 열심히 들었던지 나는 그만 잠이 들고 말았다.

　기차가 국경에 도착했다.

　번개가 계속 우리를 따라왔다. 봉우리들 사이에 끊임없이 대화가 이어지고 간간히 천둥번개가 달변가답게 한마디씩 논평을 했다. 레메디오스 양은 강아지를 무릎에 올려놓았다. 강아지 귀가 주인의 무릎을 덮었다. 강아지는 제2제정 시대 보석처럼 정교하게 곱슬거리는 털로 덮인 발을 침울하게 내려다봤다.

　날이 저물었다. 기름이 떨어진 램프에서 나는 그을음이 지평선을 향해 날아갔다. 가방 안에 있는 향수병에서 나는 꿀럭거리는 단조로운 소리가 객차를 메우고 차창에는 김이 서렸다. 부드러운 가죽 냄새가 나는 밤 기차 안에서 여자는『우울한 여인들의 주말』을 읽었다.

　징을 박은 구두 굽이 바닥에 부딪히는 소리가 났다. 짐 검사를 알리는 신호다.

　"신고할 것 없어요." 여자가 고개를 들고 말했다.

　스위스 군인과 함께 들어온 남부 사람처럼 생긴 세관원이 선반에 놓여 있는 부피가 꽤 되는 짐을 가리켰다.

　"저 안에 뭐가 들어 있습니까?"

여자는 성가신 듯 다소 거칠게 일어나 종려나무 잎으로 싸서 붉은색 실크 리본으로 묶은 짐을 풀었다. 벌어진 종려나무 잎 사이로 창백한 석고 흉상이 나왔다. 눈동자가 없는 흉상은 카르노 대통령을 닮았다.

"에스테반 푸이그의 흉상이에요." 그녀의 목소리에서 자부심이 묻어났다. "오늘 오후에 로잔 국제 사회주의 사무국에서 저한테 선물한 거예요. 설마 망자를 기리는 물건에 관세를 부과하지는 않겠죠?"

여자는 손바닥만 한 레이스 손수건으로 눈물을 훔쳤다.

루이르그랑 고등학교에서 역사를 가르치는 사뮈엘 파시피코 선생님은 일요일마다 생자크 거리에 있는 자신의 아파트에 사람들을 초대했다. 우리는 수사학을 배우던 시절부터 선생님의 아파트를 찾는 것에 익숙했다. 『노동의 역사』를 쓴 선생님은 키가 작고 수줍음이 많은 사람이다. 직접 구두를 만들어 신고 자신이 발명한 기계로 머리를 깎아 생폴 수도원의 수도사 같은 분위기를 풍겼다. 생미셸 대로를 걸을 때는 담에 꼭 달라붙어 혼잣말을 하며 걸었다. 그의 진한 회색 눈은 노란 현상액에 담겨 있는 사진 건판에 상이 잡히듯 세상 전체를 담고 있다. 선생님은 애정으로써 우리를 대했다. 덕분에 우리는 지루한 수업을 견딜 수 있었고 우리도 선생님의 애정에 보답하고자 노력했다. 지금까지 여러 경험을 했지만 그럴 가치가 없는 청년들에게 못된 물을 들이기 위해 기꺼이 애썼던 선생님 같은 분을 또 만나는 행운을 얻지는 못했다. 선생님은 한 나라를 무너뜨릴 정도로 뛰어난 지적 능력을 오로지 학문에 쏟았다. 그리고 자신에게는 매우 엄격하고 금욕적이었지만 우리가 행복하기를 바랐기 때문에 우리에게는 그것을 요구하지 않았다. 루이르그랑 고등학교는 예수회 소속이라 파시피코 선생님을 탐탁하게 여기지 않았지만 학생들이 사상적으로 불손한 선생님의 수업을 듣는 것을 반대하지는 않았다. 나중에 파리 정치 학교에서 라게르 데보 교수는 특유의 품격 넘치고 무미건조한 수업을 하다 말고 "오늘날 젊은이들은 반자유주의적 방종에 대한 사회학적 연구를 하고 있습니다."라고 노파심을 피력하기도 했다.

파시피코 선생님은 사교 파티나 살롱과는 담을 쌓고 살았다. 반지를 사러 페 거리4에 가는 것을 제외하고는 센 강을 건너는 일도 거의 없었다. 선생님의 반지 컬렉션은 여자들이 당황할 정도로 훌륭했다. 반지 수집이 우리가 알고 있는 선생님의 유일한 오리엔탈 취향이었다. 사람들은 선생님을 약간 두려워하기도 했는데 선생님이 제3공화국의 번영에(뿐만 아니라 비밀스러운 흑막 정치에도) 한 역할을 했다는 것을 잘 알기 때문이다. 물론 선생님의 공로는 공식 역사에 기록되지 않았다. 선생님은 친구들을 위하는 일이라면 발 벗고 나섰다. 친구들이 억울한 일을 당하면 복수를 했고 필요하다면 영향력을 발휘해 내각을 움직이기까지 했다. 선생님의 요청은 한 번도 거부된 적이 없었다. 하지만 자신을 위해서는 어떤 권한도 남용하지 않았다. 매주 자신의 집에서 열리는 모임을 제외하고 일절 사람들과도 어울리지 않았다.

일요일 저녁 6시 생자크 거리 아파트 거실에서 우리는 피

---

4   Rue de la Paix. 방돔 광장과 파리 오페라 사이에 있는 거리. 카르티에, 반클립 앤아펠 등 주얼리 부티크와 호텔이 있다.

에르 바일[5]의 이절판 책을 보려고 했지만 매번 공간이 없어 책을 펼 수가 없었다. 밀랍 인장 냄새가 나는 거실은 담배 연기와 사람들로 가득했다. 검정 모닝코트에 넥타이를 맨 대학 교수, 산성 용액 때문에 손톱이 새까매진 실험실 조교, 고약스럽게 생긴 사제, 분을 잔뜩 바른 여자 변호사, 드라베이 공동체에 사는 공산주의자들(이 사람들은 자기 수저를 들고 왔다.), 코메디프랑세즈 배우였다가 현대 미술가로 전향한 여배우 등 다양한 사람들이 선생님 댁을 찾았다. 여배우는 레지옹 도뇌르 훈장을 거부하고 민중 속으로 들어가라고 설교했다.

나는 파시피코 선생님의 원형 서재로 들어갔다가 지난주 기차에서 만났던 여자가 책과 노트 더미 사이를 걷는 것을 보고 깜짝 놀랐다. 여기서 그녀를 만날 수도 있다는 걸 왜 생각하지 못했을까? 프랑스에서는 아무도 모르지만 외국에서는 매우 유명한 현자가 운둔해 있는 곳이 이곳 시골 기차역만큼이나 수수한 선생님의 서재가 아닌가. 국경을 지나 파리에 들어온 외국 지성이 가장 먼저 수소문하는 곳은 묵을 곳과 파시피코 선생님 댁이다. 웰스, 우나무노, 고르키, 베데킨트가 선생의 아파트를 방문하고 방명록에 이름을 남겼고(조지 버나드 쇼는 "G.B.S. 아일랜드 사람"이라고만 적었다.) 유럽의 정치 지도자들도 선생님의 정치 철학을 듣기 위해 생자크를 찾았다. 레메디오스 양도 자신의 과감한 사상에 깊은 지혜의 바닷물이 스며들게 하기 위해 선생님 곁에서 공부를 하고 싶을 것이 당

---

5   Pierre Byle(1647~1706). 프랑스 철학자이며 작가이자 사전학자. 대표 저서인 백과사전의 전신이라 할 수 있는 『역사 및 비평 사전(Dictionnaire historique et critique)』의 초판이 1697년 이절판으로 발행된 바 있다.

연했다. 큰 눈을 동그랗게 뜨고 뾰로통한 얼굴로 장 조레스의
『프랑스 혁명과 사회주의 역사』를 기계적으로 뒤적거리는 레
메디오스 양에게 파시피코 선생님이 나를 소개했다. 그녀는
흰색 새틴 안감을 댄 학사 망토를 걸치고 있었다.

"이분을 잘 알아요. 천둥번개가 우릴 만나게 해 줬어요."
그녀는 기차역, 번개, 트리크 그리고 트리크가 짓는 소리 등에
관한 이야기를 파시피코 선생님에게 들려주었다.

"지금 생각하면 그날 기차 여행이 매우 비현실적으로 느
껴집니다." 나도 한마디 거들었다. "청명한 공기, 웅장한 격
류, 연인을 잃은 여인의 붉은 비가, 기관차 2량이 끄는 기차를
타고 지나는 상징으로 가득 찬 전나무 숲……(레메디오스 양도
부정하지 않았다.) 이 이미지들은 영원히 내 머리에 각인될 겁
니다."

그녀는 파라렐로의 디자이너가 제안한 대로 머리부터 발
끝까지 검정 옷을 입고 위풍당당하게 깃털 모자를 쓰고 은빛
여우 목도리를 두르고 두 볼과 양손에 약간의 피를 묻히고 복
수를 꿈꾸며 국화와 함께 서서히 겨울로 저무는 가을날 파리
의 거리를 활보하는 상상으로 즐거웠다.

파시피코 선생이 그녀에게 책에 서명해 달라고 부탁했다.

"인용문을 적어도 되겠죠?"

그녀가 안경을 쓰고 펜을 들었다. 내가 그녀에게 자신의
생각을 적는 것은 어떻겠느냐고 제안했다.

그녀가 책을 들고 웃었다.

"스페인 작가 모라틴[6]이 쓴 글을 인용할게요."

---

6   레안드로 페르난데스 데 모라틴(Leandro Fernández de Moratín, 1760~1828).

사랑스러운 여자였다. 젊고 아무런 생각이 없었다.

레메디오스

나는 당황했다. 이제는 어떻게 하면 자기를 놀릴 수 있는지 알 수 있겠다며 웃음을 터뜨렸다.

"레메디오스 양, 우리가 처음에 스위스에서 만났죠? 스위스는 생각이 허락된 곳입니다. 그런데 여기 파리에서는 단언컨대 총제적으로 사고할 방법이 없어요. 사고는 모두 일회성으로 소비되고 말죠."

파시피코 선생님은 레메디오스 양의 편에 서서 내가 너무 문학적으로 사고한다고 비판했다. 이런저런 얘기를 하다 보니 저녁시간이 됐다. 선생님은 우리에게 식사하고 가라고 했다. 선생님 댁에서의 저녁 식사는 언제나 흥겨웠다. 더구나 콜레주드프랑스 교수들은 다 돌아가고 선생님이 "자신의 생명줄을 연장해 준다."라고 말하는 젊은 우리들만 남아서 하는 식사는 더 유쾌했다. 음식이 훌륭했다. 와인도 신경 써서 골랐는지 음식과 잘 어울렸다. 툴루즈 주교관에서 일했던 가정부가 파시피코 선생님 집안일을 보고 있다. '툴루즈 주교관'은 남서부 지방에서 처음으로 문을 카바레의 이름이다.

그래서 그날 저녁 우리 몇은 늦게까지 남아 고딕식 청동갓 아래로 은은하게 퍼지는 바닐라 불빛을 받으며 식탁에 둘러앉았다. 벽에 걸려 있는 녹색 태피스트리 덕분에 풀밭에 앉아 있는 것처럼 느껴졌다. 태피스트리에는 르낭과 베르틀로의

스페인 극작가

초상화가 마주 걸려 있었는데 두 양반은 양배추를 곁들인 칠면조 요리에서 모락모락 올라오는 김을 쐬며 대화를 이어 갔다. 정겨운 식사 자리를 주도한 사람은 레메디오스 양이었다.

파시피코 선생님이 셰리 한 잔을 가스등을 향해 들었다가 레메디오스 양을 바라보며 건배사를 했다.

"레메디오스의 건강을 위해, 푸이그 선생의 영광을 위해."

"감사합니다. 선생님의 말씀이 진심에서 나온 것이라 믿어요. 푸이그는 죽음을 무릅쓰고 탄압받는 사람들의 부름에 답한 진정한 영웅이에요."

"그런데 스페인에 다시 어두운 밤이 찾아와 버렸어." 파시피코 선생님이 안타까워했다.

"인간의 본성은 변하지 않아요. 수백 년 동안 무지와 야만 속에 살아온 나태한 민중들의 의식을 깨우려고 했지만 변한 것이 없어요. 1905년 무장 투쟁 후 푸이그는 폭력이 소용없다는 사실을 깨달았어요. 그래서 멀리 봐야 한다고 했어요. 30년 후 아니 50년 후를 보고 투쟁해야 한다는 거죠. 하지만 자신의 계획을 말하자마자 제거당하고 말았습니다."

의미론 교수가 더 자세한 설명을 부탁했다.

그녀는 교향 변주곡을 시작하려는 위대한 피아니스트처럼 도전적인 눈으로 좌중을 둘러봤다. 관심과 호의가 완전히 배제된 나의 시선도 분명 느꼈을 것이다. 그녀는 설명 대신 바로 결론으로 들어갔다.

"여러분들이 알고 있는 것이 다예요. 그 이상 아무것도 없어요. 관광객에게 스페인은 여느 나라와 다를 것이 없죠. 로또 복권, 변비약, 생명 보험, 연설을 끝내고 입을 맞추는 국회 의원, 발이 닿으면 바닥에 불이 들어오는 엘리베이터…… 아름다운 시궁창이죠. 바르셀로나는 남미의 복사판이에요. 침대 열차는 줄기 끝에서 마호가니와 청록색 벨벳 꽃 호텔로 피어나고 사람들은 금속 선로를 타고 거리를 돌아다녀요. 화가들은 슈바빙에서처럼 거리에서 그림을 그리고 투우사들은 부에노스아이레스에서 돌아왔을 때만 박수를 받죠. 그리고 건물을 유리로 지어요. 그 건물에는 자동으로 5층까지 올라가는 차가 있고요. 그런데 길모퉁이를 돌면 느닷없이 성찬 예식 행렬이 나타나죠. 참고로 성찬 예식이라는 옛 화폐는 우리나라에서는 아직도 통용된답니다. 파란색 비단 허리띠를 두른 관리들이 촛대를 들고 앞장서고, 그 뒤로 군화를 신고 제의를 입은 장교들이 따라가는 성찬 행렬이 보이면 길을 가던 행인들은 무릎을 꿇어야 해요. 그러지 않으면 벌금을 물거든요. 사람으로 꽉 찬 전차, 우마차, 히스파노 수이자 자동차는 멈춰서 종교 재판관의 얼굴을 한 자들, 주교관을 쓴 탐욕스러운 자들, 고급 레이스로 돈을 번 무지렁이 농부들, 부자들에게 봉사하기 위해 가난한 자들을 버린 신의 종들이 지나갈 때까지 기다리죠. 신문을 읽지 않아 총파업이 있을 것이라는 사실을 몰랐던 관광객들은 어느 날 아침 호텔 창문을 열었을 때 노란 어깨끈을 맨 과르디아 시빌이 길모퉁이 곳곳에 매복해 있는 것을 보고 놀랐겠죠. 노조원들이 나타나기를 기다렸던 거죠. 전날까지만 해도 바르셀로나는 머리에 전기 왕관을 쓰고 스페인 전체에 온정을 베풀었는데 그날은 셋째 날 예수의 무덤처럼 텅 비어 있었어요. 민간인들은 용병들이 겨누고 있는 장총의 사열을 받으며 일터로 갔어요. 헌법에 보장된 권리는 중지되었고 살인 경찰은 바르셀로나 근교를 돌아다니며 뼈가 타는 냄새는 안 나는지 휘발유나 고무수지 냄새는 안 나는지 킁킁

거렸죠. 이 모든 것이 가증스러운 절차에 따라 진행되었습니다. 마드리드에서 보냈다지만 사실은 아직도 마드리드 도지사의 금고에 들어 있는 전보에 근거해 카탈루냐 민간 정부를 실각시키고 계엄령을 선포했어요. 그렇게 해서 권력이 세상에서 가장 야만적인 자들의 손에 넘어가게 되었어요. 저기 땅끝 코카서스 지방을 다스리고 있는 러시아 총독들만큼 잔인한 자들이에요. 광장마다 대포가 들어오고 기념물마다 기관총 사수들이 배치되었어요. 군인들은 경고 없이 총을 발사하고 사람들은 집에서 체포당하고 한밤중에도 가택 수색을 당했어요. 재판은 변호사와 증인 없이 진행되고 판결문은 한마디로 사법 코미디였죠. 새벽이 되면 성벽 아래에 구덩이를 파고 사람들을 죽였어요. 다 끝났습니다. 진실도 50년 동안 땅속에 묻힐 거예요."

레메디오스 양은 시가에 불을 붙이고 전등 아래로 푸르스름한 연기를 길게 내 품고는 황소가 등장할 때 나오는 음악을 흥얼댔다.

"제가 너무 흥분해서 놀라지 않으셨는지 모르겠네요. 그런데 이 기억들이 저에게는 큰 위안이에요. 파리에서는 사람들이 바쁘게 일하느라 많은 것들을 금방 잊죠. 죽음을 생각할 여유가 없어요. 죽음을 생각하는 것은 스페인 사람들의 오락거리죠. 다 이유가 있어요. 죽음은 마침표를 찍는 것을 의미해요. 사회가 무너지든지 내가 죽든지…… 종교, 권력, 가족이라는 거대한 허상은 그 어디보다 스페인에서 악마적인 힘을 발휘하고 있어요. 그 허상이 무너지기 전에 나는 죽을 수 없어요. 내 형제들이 빈곤의 굴레와 자본과 기업의 족쇄에서 벗어나기 전에 나는 죽을 수 없어요. 카탈루냐 압제자들은 세상에서 가장 독하고 가혹하고 불법을 아무렇지 않게 자행하는 자들이에요. 아! 그자들을 모두 말살할 수만 있다면!"

레메디오스 양이 주먹으로 식탁을 내려쳤다. 여자들이 하는 것처럼 엄지손가락을 안에 집어넣고 톡톡 치는 그런 주먹이 아니라 엄지손가락을 밖으로 내어 꽉 쥐고 제대로 내리치는 것이었다. 그녀의 가슴과 술잔이 출렁였다.

기분이 나아졌는지 그녀는 자리에서 일어나 파시피코 선생에게 고마움을 표시했다.

"저에게 양식을 주신 아버지여! 오늘 저녁 식사에 감사드립니다."

"나의 붉은 딸아! 스페인 속담처럼 내 집이 네 집이리니."

"우리는 잠시 원대한 계획을 중단하고 의무를 잊었어요. 그것이 파리의 위험한 유혹이죠. 하지만 내일 우리는 다시 시작할 겁니다. 감옥의 문이 활짝 열리고 스페인이라는 풍요와 빛의 기둥이 무너질 때까지 투쟁할 거예요."

열정적이고 강인한 그녀는 아름다웠다. 가만히 있을 때는 불안하고 오만하고 우스꽝스러워 보이기까지 했지만 자신의 신념을 토로하고 극단적으로 행동할 때는 다른 사람이 되었다. 그 모습이 그녀에게 어울렸다. 우리 모두는 그녀의 연설에 감동받았지만 인정하기 멋쩍어서 그녀를 스페인 희비극의 주인공으로 치부하려 했다. 나는 그녀를 관찰했다. 너무 열정적으로 연설하느라 힘이 빠졌는지 전등 불빛 아래 조용히 앉아 있는 그녀는 잘 먹어 몸이 무겁고 손목과 발목이 두꺼운 상점 계산원처럼 보였다. 그런 모습은 우리가 그녀의 열정에 공감하기를 주저하거나 거부하게 했다. 평범하고 상냥하고 상큼한 젊은 여자로 돌아오면 그녀의 매력은 반감되었다. 우리는 그녀가 매서운 독수리인 동시에 살진 암탉이라는 결론을 내렸다. 어쨌든 그녀는 천재적인 재능이나 위대한 운명은 타고나지 않았지만 우아했고, 어린아이처럼 둥근 코와 두터운 입술에는 어떠한 불행이나 원한의 흔적이 없었다. 짧은 이마에는 주름 한 줄 없고 눈썹이 팽팽하게 달린 동그란 눈에는 영원히 꺼지지 않는 강렬하고도 선한 불꽃이 타올랐다.

계속 그녀를 관찰했다. 그녀는 세상의 모든 신앙으로부터 자유롭고 인간의 의무와 하늘의 약속에서 해방된 듯 보였다. 우리가 그녀에게 기대하는 것이기도 했지만 최종적으로 이 여류 혁명가에게서 발견한 것은 그녀가 품위 있고 감정에 솔직하다는 것 그리고 아마도 무어인들로부터 내려왔을, 스페인 부르주아지 특유의 남자에 대한 존중과 결합된 기독교의 유산을 물려받았다는 점이다. 우리 모두 그것을 느꼈고 그래서 그녀의 믿음을 시험해 보고도 싶었다. 결점은 없는지 무정부주의에 헌신하는 것이 신념이 아니라 감정적 도피는 아닌지 알고 싶었다.

한 남자가 자리에서 일어나 먼저 운을 뗐다.

"레메디오스 양은 완벽한 가정적 전원시이며 마르크시즘의 바다에서 유영하는 인어입니다."

"그녀의 앞날이 궁금합니다." 파시피코 선생이 점성술로 방향을 틀었다.

각자 레메디오스 양의 미래를 점쳤다.

"피비린내 나는 시대의 폭력에 희생당할 것 같습니다."

"은퇴한 몸 좋은 투우사와 결혼해서 알헤시라스에서 호텔을 경영할 것 같지 않습니까?"

"아르헨티나에서 연설가로 활동하는 것은 어떻습니까?

영화배우도 나쁘지 않겠는데요."

"소설가는요?"

"아니에요. 소설가가 되기에는 너무 정숙해요."

그때부터 모임의 분위기가 가벼워졌다. 파시피코 선생님의 어릴 적 친구인 노인이 우리에게 카드를 내밀며 뽑으라고 했다. 노인은 볼에 분을 바르고 소일거리로 체스를 두고 오래된 레이스를 수선했다. 하지만 우리는 다른 것을 원했다. 자신의 장점과 단점을 적고 0점에서 20점까지 점수를 주는 게임을 하기로 했다. 모두 무릎에 종이 한 장씩 올려놓고 적기 시작했다. 노인은 피아노로 가서 라모의 오페라 「우아한 인도인」의 서곡을 쳤다. 가을바람이 카펫에 떨어져 있던 하얀 담뱃재를 날렸다.

연필심에 침을 묻히던 레메디오스 양의 얼굴에 당황하는 빛이 스쳤다. 그녀는 '관능적'과 '육감적'의 차이가 뭐냐고 물었다. 스페인어로는 관능과 육감을 의미하는 단어는 하나이고 자신이 보기에도 같은 뜻인 것 같다고 했다. 매사에 정확한 파시피코 선생님은 '선(善)'을 '친절'로 수정해야 한다고 주장했다. 주장은 받아들여졌다. 누군가 '속물근성'이 빠졌다고 소리를 질렀다. 자신을 과대평가해서 높은 점수를 주는 사람도 있고 양심의 가책을 느껴 점수를 고치는 사람도 있고 곰곰이 생각한 다음 점수를 올려 적는 사람도 있었다. 레메디오스 양이 지우개를 손에 들고 골똘히 생각하더니 20점 넘게 점수를 줘도 되냐고 물었다.

가정부가 그릇 치우는 소리, 의자 움직이는 소리, 시계추가 왔다 갔다 하는 소리만 들렸다. 점수 매기는 것이 끝났다. 파시피코 선생님이 자질을 하나씩 부르면 사람들은 돌아가며 각자 자신이 매긴 점수를 불렀다. 거침없이 부르는 사람도 있었고 부끄러운 듯 소심하게 말하는 사람도 있다.

"우리 모두 자기 자신에 대해 잘 알까요?" 파시피코 선생님이 물었다. "잘 아는 사람이 있지요. 내가 보기에 어린 사람들은 현실과 이상 사이에 차이가 있는 것 같고 나이가 든 사람들은 환상이라고는 전혀 없군요."

이제는 옆 사람에게 종이를 주고 옆 사람이 나에 대해 생각하는 점수를 줄 차례다.

"하지만 당신은 나에 대해 아무것도 모르잖아요." 마치 내가 자신의 정신 상태를 들여다보기라도 하는 것처럼 레메디오스 양이 신경을 썼다.

나는 열심히 추측해 보겠다고 대답했다. 그리고 기차 식당 칸에서 그녀 모르게 그녀가 마셨던 잔으로 술을 마셨으니 잘할 수 있겠다고도 했다.

즐거웠던 일요일 모임이 있은 지 꽤 됐지만 나는 아직도 레메디오스 양의 종이를 버리지 않고 간직하고 있다. 그녀가 자신의 자질에 점수를 매기고 내가 수정하여 다시 점수를 준 소중한 종이다. 여기 그대로 옮겨 보겠다. 점수는 짰지만 지금 다시 보면 내 감정을 대신 말해 주는 고백서 같은 것이었다.

레메디오스

자질	본인 점수	옆 사람 점수
외모	18	14
매력	9	17
품위	20	8

지성	2	7
천재성	3	?
감수성	8	19
사업 감각	1	18
관능적	0	19
육감적	2	15
수줍음	20	10
정치적 감각	19	3
판단력	8	4
재치	10	10
신앙심	0	20
속물근성	7	17
행운	0	19
예술적 재능	1	18
의지력	16	5
이기심	19	4
식욕	18	18

"레메디오스 양, 함께 저녁 식사나 합시다. 격식 차리지 말고. 식사 후에 영화도 보고."

"좋은 생각이에요. 혼자 있고 싶지 않아요. 저녁이면 누군 가 덧창을 두드리거든요. 그리고 옷을 꺼내려고 옷장을 열 때마다 옷장 속에 수녀가 있어요……"

"혼자 자다 죽을까 두렵다!"

"누가 한 말이죠?"

"베를렌. 보들레르인가?"

"화요일 저녁 7시. 세르방도니 거리에 있는 멕시코 호텔로 오세요."

야자나무가 가득한 호텔 로비 파란 등나무 소파에 앉아 뻐꾸기시계가 8시 45분을 가리킬 때까지 레메디오스 양을 기다렸다. 2시간 전부터 호텔 식당은 더 이상 주문을 받지 않고 있다. 장기 투숙하는 신부들이 고양이를 쓰다듬으며 《라크루아》 신문에 나온 광고를 읽고, 카드 게임을 끝낸 사람들은 자러 올라갔다. 드디어 레메디오스 양이 내려왔다. 그녀는 광채가 나는 검정색 리버티 실크로 만든 망토를 둘렀다. 비밀스럽고 푹신한 융단이 깔린 방으로 가는 문이 살짝 열려 있는 것처럼 벌어져 있는 망토 앞섶 사이로 어깨와 가슴이 드러난 원피스가 살짝 비쳤다. 손에는 방 열쇠와 작은 촛대가 들려 있고 머리에는 높이가 30센티미터나 되는 자개 빗이 꽂혀있다. 덕분에 차에 탔을 때 차 천장에 머리핀이 닿았다. 그녀의 옷차림 때문에 우리는 카바레에 가는 것을 포기하고 그 망토를 입고도 받아 주는 레스토랑을 찾아 계속 걸었다.

조심했지만 사람들 눈에 띄지 않기는 불가능했다.

"내가 채소와 물만 먹겠다면 믿겠어요?"

"레메디오스 양! 대향연과 파티의 여인인 당신이? 농담하는 거죠? 생 요리를 먹을까요? 아니면 달콤한 요리?"

그녀는 소금과 후추 사이에 흰 장갑과 벨벳 가방, 녹색 깃털이 달린 부채를 놓았다. 손가방에는 "레메디오스를 위한 신은 없다."라는 글귀가 반짝이 실로 수놓아져 있다.

"그렇다면 굴을 먹겠어요." 그녀는 야채와 물을 포기하고

굴을 주문했다. "굴 하나는 종이에 담아갈 거예요. 기르고 있는 중국 물고기에게 주려고요. 트리크에게도 줄 엉덩잇살 몇 조각을 챙겨야겠어요. 오늘 저녁 당신과 함께 식사를 하고 있는 여자는 아침만 해도 부자였는데 저녁에는 무일푼이에요. 푸이그가 내가 어렵게 살지 않을 만큼 많은 유산을 남겨주었다고 기차에서 말했죠? 비아리츠에 있는 집 두 채를 물려주었는데 사실 그보다 큰 재산을 남겨주었어요. 그것이 괴로웠어요. 생미셸 대로에 있는 가판대에서 예수회 기관지 《엘데바테》한 부를 샀는데 적들이 푸이그가 내게 재산을 남겨준 것을 가지고 호도하는 기사를 냈더군요. 그래서 그 길로 공증인에게 가서 상속 포기 서류를 작성하고 서명했어요. 내일자《뤼마니테》에 나올 거예요. 에스테반 푸이그가 남긴 유산 전액은 그가 세운 학교 사회주의 아카데미로 갈 겁니다. 그래서 오늘 저녁 내 수중에는 한 푼도 없어요."

그녀는 웃으며 포크로 와인을 휘저었다.

"푸이그의 유산을 포기했다고 칭찬받고 싶은 마음은 없어요. 나 혼자 유산을 받기 괴로웠거든요. 하지만 그가 남겨준 진짜 유산은 잘 간직하고 있어요. 푸이그는 바르셀로나 근교에 있는 학교에서 아이들을 가르치고 있는 나를 선택해서 성장시켜 주었어요. 자신과 대등한 동반자로 만들기 위해 죽는 날까지 나를 훈련시켰어요. 읽고 생각하는 훈련을요. 그는 나보다 스무 살이 더 많고 키가 훤칠하게 크고 바위처럼 단단한 얼굴을 가졌어요. 눈은 분노로 이글거리고 단단한 턱과 조용한 두 손은 지혜로운 기운에 감싸여 있죠. 어느 날 나를 찾아와 노동자 자녀들에게 야학을 해 달라고 부탁했을 때도 그 모습이었어요. 목소리는 동굴에서 들려오듯 떨렸고 얼굴은 흰

제단보처럼 창백했어요. 나는 그를 따라 나섰어요."

그녀는 가슴이 약간 보이는 단순한 네크라인의 평범하게 재단된 원피스를 입었다.

"누가 디자인한 옷인가요?"

"드보르트의 '동양의 봄'이에요…… 이제는…… 반구아르디아 잡지 부록에 있는 본을 떠서 만들어야겠죠……"

잠시 말을 멈췄다가 그녀가 다시 입을 열었다.

"사회주의 아카데미는 푸이그의 분신이에요. 완전히 새로운, 적어도 스페인에서는 보지 못했던 교수법으로 학생들을 가르치기 위해 1900년에 설립했죠. 남녀뿐 아니라 모든 사회 계층의 아이들을 함께 교육하는 것이니 얼마나 혁명적인 학교인지 짐작하겠죠? 정신과 육체를 건강하게 단련하고 보상이나 처벌 없이 진실을 가르치고 종교가 배제된 과학 수업을 실시했어요. 한마디로 육체와 정신을 균형 있게 고양하는 것이 목표인 교육이고 프랑스 인권 규약에 버금가는 교육 헌장이었어요. 프랑스에서도 하지 못했던 라부아지에 사상을 구현했다고 푸이그가 자랑스러워했죠. 르클뤼와 크로포트킨도 그이를 많이 도와줬어요. 그 두 사람과 서신을 교환한 적이 있는데 모자 상자에 아직도 그 아름다운 편지들을 보관하고 있죠. 하지만 그러한 교육 이념을 실현하는 것은 빛과 어둠의 싸움이에요. 벌을 받지 않고는 이길 수 없는 싸움 말예요. 푸이그는 싸움에서 이기지 못했어요. 스페인에서는 아이들을 교회에 보내서 성인으로 만들려고 하죠. 아이들을 교회로부터 뺏어 오지 못했어요."

그녀는 이야기를 하다 말고 손거울을 꺼내 자신의 얼굴을 찬찬히 살폈다.

"얼굴색이 왜 이렇게 검을까요?"

"얼굴색은 여자의 생각을 표현하죠."

"걱정이 너무 많아서 그래요. 지배인이 놀란 토끼 눈을 하고 우리 얘기를 엿듣고 있지만 말하지 않을 수 없군요. 푸이그의 무덤 앞에서 포르테가 낭독한 추도사가 어떻게 시작하는지 아세요?"

그녀가 추도사를 소리 내어 읊었다.

인간이 창조한 수많은 신 가운데 한 신의 아들이라 여겨지는 자가 스스로 왕이라 불리고자 했다는 이유로 단죄당했다. 그는 곧 죽을 것이다. 여느 신이 그러하듯 무지와 공포 속에 태어나 죽음 앞에 무너지고 믿음이 흔들리고 몸을 떨며 소리를 지른다. "아버지여, 왜 나를 버리시나이까?" 그런데 여기 자유로운 사고와 벌하지 않는 도덕의 아들 에스테반 푸이그가 죽음을 선고받았다. 그 역시 사라질 것인가? 자유로운 사고를 포기할 것인가? 아니다. 푸이그는 끝까지 저항하다가 "인터내셔널 만세."를 외치며 쓰러질 것이다.

레메디오스 양의 눈은 검은색이다. 회색이던가? 파란색? 모르겠다. 사람은 여러 색의 눈을 가지고 있지 않은가. 기분이 갑자기 곤두박질쳤다. 그녀의 손을 잡았다. 사파이어가 박혀 있는 팔찌가 손목에서 흔들렸다. 나는 다른 곳으로 자리를 옮기고 싶었지만 모든 것이 땅속 깊이 뿌리를 박고 있는 듯 꼼짝할 수 없었다. 꿈을 꾸는 것 같았다. 심장을 도려내는 아픔까지 느꼈다.

"레메디오스 양."

"네?"

"당신을 사랑하게 해 주시오."

지금 이 순간 사랑을 고백하기로 계획한 것은 아니지만 어젯밤 그녀에게 내가 그녀를 얼마나 좋아하는지 고백하기로 결심했었다. 그녀가 한없이 좋았다. 시간이 지날수록 그만큼 더 좋아졌다.

"실수하는 거예요……"

레메디오스 양이 통통한 어깨를 들썩했다. 그 바람에 짧은 목이 아예 사라졌다.

"실수하지 않기 위해 사랑을 고백하는 겁니다. 레메디오스 양."

사랑을 입 밖에 내자마자 커피 맛이 더 좋아졌다. 창조자의 연민과 운명의 호의가 느껴져 마음도 편해졌다.

"내가 마음이 편하고 유약하지 않을 때 그리고 오늘 저녁처럼 열정적인 사랑의 감정에 휩싸여 있을 때 나는 한없이 고약한 사람이 되지요."

"진작 눈치챘어요." 그녀가 말했다. "나도 고백 하나 하자면 나에게 앞으로 누군가 사랑할 일은 없을 거예요. 내 인생에 더 이상 사랑은 없어요. 육체적인 사랑은 시간이 지나면 해결되는 고상한 방탕일 뿐이에요. 그런데 상처받은 두 마음의 깊은 사랑은 무엇일까요?"

그녀는 지독히 감상적인 안달루시아의 옛말을 인용했다. 갑자기 그녀가 덜 예뻐 보였다.

가만있던 그녀가 다시 입을 열었다.

"스페인어를 가르치며 살겠어요."

"그럼 당신의 학생이 되겠습니다."

"첫 학생이 되겠군요. 동시에 가장 소중한 학생!"

레스토랑의 분홍빛 회전문이 둥근 유리 안에서 돌아갔다. 탁자가 하나둘 비기 시작했다. 여자들이 휴대품 보관소에서 안감이 화려한 코트를 찾아 걸치고 내려왔다. 색칠한 벽감을 배경으로 서 있는 여인상 같았다. 여자들의 모습에 흥분한 남자들은 오랜 친구인 모자를 허겁지겁 집어 들었다.

레메디오스 양이 미지근한 레스토랑에 온도를 잘 맞춘 와인의 향을 퍼뜨렸다. 아직 식사를 하고 있는 사람들도 와인을 열어 행복을 잔에 따랐다. 소믈리에가 신처럼 서 있었다. 여자 손님이 손가락 하나를 펴고 시음을 한 후 최종 판결을 내렸다.

"좋군요. 뒷맛이 살아 있어요."

보일러에서 낑낑거리는 소리가 나더니 온기가 사라졌다.

레메디오스 양이 접시와 술잔을 한쪽으로 치우고 가방에서 립스틱을 꺼내 냅킨 위에 호타를 썼다.

"기본 개념을 설명해 줄게요. 스페인어 알파벳은 아, 베, 세, 데, 에페, 게, 아체, 이, 호타…… 호타 춤이 아니라 알파벳 J를 스페인어로 부르는 말이에요. 스페인어를 배우면서 가장 먼저 만나게 되는 장애물이기도 하죠."

나는 열심히 따라 했다.

"잘하는데요! 놀랐어요. 이제 에레(R)와 호타(J)가 들어간 문장을 써 볼게요. EL PAJARITO DE LA CAJA ROJA."

"가르랑거리는 그 소리는 뭐죠?"

"붉은 새장 속의 작은 새라는 뜻이에요."

"레메디오스 양 당신이군요!"

많이 늦었다. 우리는 자리에서 일어났다. 레스토랑에는

아무도 없었다. 나는 그녀를 영원히 사랑할 것이다. 그녀가 휴대품 보관소에서 옷을 찾는 동안 나는 탁자로 돌아와 아무도 모르게 그녀의 스푼을 핥았다.

*

나는 호타를 정확하게 발음하기 위해 혀를 이빨에 대고 성대를 울려 '호'를 발음한 후 혀를 단번에 성대 쪽으로 넘겨 '타'를 발음하는 연습을 했다. 호텔까지 가는 동안 이틀 전 레메디오스 양에게 배웠던 문장을 백 번 넘게 반복했다.

호텔에 도착했더니 내 앞으로 메시지가 있었다. 레메디오스 양이 전날 밤 바르셀로나행 특급 열차를 타고 프랑스를 떠났다는 것이다. 붉은 새장에 새가 없었다. 도마뱀 가죽과 색유리로 장식된 로비에는 가짜 루앙산 접시에 뇌처럼 물컹한 것을 먹고 있는 고양이밖에 없었다. 가을날 하루는 그렇게 조용히 마무리되고 있었다. 하늘은 금방이라도 번개가 칠 것 같은 귤빛으로 물들어 있고 구름은 실력 없는 페인트공이 마구 덧칠한 건물처럼 여러 겹으로 겹쳐져 있다. 나는 뤽상부르 공원에서 지난 이틀 동안 생긴 습관과 새로운 사랑에 대한 그리움에 괴로워하며 돌기둥처럼 서 있었다. 레메디오스 양을 다시 만나야 했다. 다시 만나 딸꾹질을 멈추게 할 때처럼 갖은 유치한 방법을 동원해 그녀를 붙잡아 두고 스페인어 문법에 대해 수천 가지 질문을 할 것이다. 나에게 관심을 돌리려는 은밀한 계획을 숨기면서 그녀에게 환상의 세계를 만들어 주고 다양한 사랑의 모습을 보여 줄 것이다. 아름다운 파리, 센 강의 숨결, 욕조에서 잠이 들면 물이 넘쳐흐르는 원리를 이용해 설계

된 생미셸 분수의 놀라운 기술, 공연 프로그램으로 입을 가리고 "1프랑 들었어."라고 고백하는 극장 좌석 안내원, 레스토랑 개인 룸에서 얻는 값싼 쾌락, 아름다운 난꽃으로 장식된 중앙홀에서 원단들이 작은 파도를 일으키며 펼쳐지는 백화점의 자유로운 삶…… 저녁 7시 45분 카페에서 얻을 수 있는 고귀한 휴식 역시 사랑이라고.

홀쩍 파리를 떠난 그녀가 오히려 자유의 몸이 되어 영원히 멀리 날아가 버린 것처럼 느껴졌다. 어둠은 아직 완전히 내리지 않았다. 보이는 별은 전차 불빛뿐이다. 내가 아무것도 할수 없는 노예 상태가 되었다는 것이 분명해졌고 날이 저물었는데도 내 행복에 대한 압류가 전격적으로 집행됐다는 것이 확실해졌다. 아무 말도 없이 갑자기 떠난 이유가 무엇일까? 스페인은 입국 금지가 아니던가? 혹시 내가 모르는 애인을 만나러 이탈리아로 간 것은 아닐까? 격정적인 쾌락을 찾아서? 아니면 노출 취향이나 겸양의 미덕을 추구하러 아메리카로 간 것은 아닐까?

그녀는 스페인으로 갔다. 다음 날 그녀가 국경에서 붙인 그림엽서를 받았다. 포르방드르 항구에 커다란 오크통이 쭈욱 늘어서 있고 성을 배경으로 시청이 보이는 사진이 실린 엽서였다. 카드 뒷면에는 "운명의 명령"이라는 두 단어로 줄인 스페인의 격언과(벌써 스페인이란 말인가!) 함께 영원한 작별을 암시하는 "포르방드르에서 인사를 보냅니다."라는 하녀의 글씨체로 쓰인 문구가 있었다. 나는 그녀가 국경을 넘지 못했기를 희망했지만 며칠 뒤 파시피코 선생님이 그녀가 바르셀로나에 있다고 확인해 주었다.

따뜻한 11월의 파리는 빗물에 잠겨 있다. 젖어 있는 아스팔트에 집들이 지붕까지 반사되고 가로등 불빛은 장밋빛 가루를 흩뿌렸다. 물에 잠겨 있는 가로수들은 바람에 심하게 흔들리고 한밤중에는 땅 밑으로 쿵쾅거리며 흐르는 빗물 소리가 하수구 밖으로 새어 나왔다. 여전히 레메디오스 양이 그리웠다. 우리가 기차에서 처음 만나 파시피코 선생님 댁에서 다시 만난 것은 우리 두 인생이 꼭 교차할 수밖에 없다는 운명의 경고 같은 것이었다. 그 증거는 다음과 같다. 나는 수많은 대중 연설로 허스키해진 그녀의 목소리를 좋아한다. 그리고 반장갑을 껴서 더 짧게 보이는 손가락과 강인한 엄지손가락, 무기력과 혼재되어 있는 도전정신 그리고 그녀가 무정부주의자라는 것이 좋다. 그녀는 여러 역경을 헤쳐 나갔고 선한 사람이고 즐겁게 살기 위해 끊임없이 오락거리를 찾고 강한 의무감과 저항 의식으로 자신에게 주어진 길 밖으로 뛰쳐나갔다. 그녀가 다시 보였다. 무책임하고 몽상적이고 유쾌한 사람이었다. 결국 우리의 만남은 레메디오스 양이 말하는 마음의 평온을 깨는, 하지만 피할 수 없는 유의 사건이란 말인가? 징조가 한두 가지가 아니다. 구름의 모양도 그렇고 커피 찌꺼기 모양도 위협적이다. 외로운 저녁과 포기하고 현명하게 살기에는 너무 눈부신 아침이 떠나라고 내 등을 떼밀었다. 카탈루냐 신문들은 반동적인 조치들이 실시될 것이라고 예고했다. 레메디오스 양이 내 곁을 떠나 불행을 향해 전속력으로 달리고 있다는 생각을 떨쳐 버릴 수 없었다. 그날 저녁 나는 바르셀로나행 급행열차를 탔다.

*

　모래가 깔린 원형 경기장에서 빛과 그림자가 팽팽히 힘겨루기를 하고 있다. 파란색 하늘 경기장에서는 뜨거운 태양이 구름이 펼친 망토 자락을 피하며 전진했다. 텅 비어 있는 두 경기장 사이에 자리한 군중은 거울처럼 서로를 비추는 두 경기장을 나무 액자처럼 둘렀다. 뜨거운 열기에 수천 개의 겹쳐진 하얀 얼굴이 얼룩이 되어 춤을 추고, 흩어져 있던 소리가 진동을 하더니 하나의 소리가 되었다. 그 얼룩 중에 하나가, 그 소리 중에 하나가 레메디오스 양의 것은 아닐까? 그녀도 나처럼 사람들을 따라 여기까지 오지 않았을까? 수선스러운 포스터에 소토마요르 황소 여덟 마리가 나온다고 홍보되어 있었다.

　도시는 텅 비었다. 무어 양식의 세면대처럼 1시간도 안 되어 사람들이 쭉 빠져나갔다. 나는 관중석을 꼼꼼히 살폈다. 말을 하고 있지 않은 사람, 입술이 선명하지 않은 사람, 몸매가 잘 드러나는 하늘하늘한 원피스를 입고 있지 않은 사람, 안내판처럼 금방 읽을 수 있는 눈을 갖지 않은 사람…… 한 사람 한 사람 제외했다. 레메디오스 양, 나의 소중한 양식, 없어서는 안 될 양분, 당신 여기 있나요? 당신이 여기 있는데 내가 알아보지 못하는 것인가요? 우중충한 파리에서 불꽃처럼 활활 타올랐던 비이성적이고 감정적이었던 당신이 여기서는 수천 개의 흔들리는 희미한 빛 중 하나가 되어 내가 못 알아보는 것인가요? 단 것을 많이 먹어 부은 몸을 시에스타 후에 나른하게 가누고 있는 기도와 점괘에 흥분하는, 그러니까 그냥 스페인 여자가 되어 내가 못 알아보는 것인가요?

군화를 신은 과르디아 시빌과 에스파드리유[7]를 신은 군악대도 자리했다. 수상이 특별석에서 장황하게 연설을 하고 사탕처럼 울긋불긋한 여인네들이 열심히 경청했다. 그가 동전을 한 주먹 쥐고 군중을 향해 던지는 듯한 손짓을 하자 날카로운 휘파람 소리가 미사일처럼 솟구쳤다가 뚝하고 떨어졌다. 수상이 일어나서 손수건을 흔들었다. 그것을 신호로 경기장 반대쪽에 있던 나팔수들이 나팔을 불었다. 황소가 대기하고 있던 곳의 파란 문이 열렸다.

황소가 푸른빛의 깊고 어두운 통로를 지나 빛을 향해 질주했다. 그러다가 당황했는지 어둠의 끝에서 멈춰 섰다. 털이 지저분하고 옆구리가 얼룩덜룩하고 뿔은 석회처럼 새하얗다. 황소는 양쪽 관중석에 있는 관중들이 쏘는 눈 화살의 유일한 과녁이 되었다. 말 한 마리가 울타리에 대고 뒷발질을 했다. 그것이 황소의 눈길을 끌었는지 황소가 말을 향해 빠른 속도로 걸어갔다. 회색털이 난 늙은 암말의 배는 여기저기 꿰맨 자국으로 누더기였다. 솜을 댄 옷으로 무장하고 창을 휘두르는 피카도르[8]가 무거웠던지 말의 다리가 후들거렸다. 황소가 갑자기 걸음을 멈추고는 큰소리를 냈다. 자신을 위협하는 창의 매끄러운 금속 빛을 포착하고는 고개를 숙이고 뒷다리를 구른 후 돌진했다. 황소의 어깨에 창이 꽂혔다. 창은 펜싱 검처럼 휘어지더니 부러졌다. 황소의 뿔이 뭉툭한 소리를 내며 말의 배를 파고들었다. 말이 펄쩍 뛰었다. 말은 다리를 벌린 채

---

7 Espadrille. 캔버스천에 삼을 꼬아 만든 밧줄로 밑창을 댄 여름 신발. 카탈루냐와 바스크 지방의 것이 유명하다.

8 Picador. 말을 타고 창으로 소를 찌르는 투우사

공중에 잠시 정지한 듯 보이더니 그 사이 뜨거운 피비린내에 흥분한 황소가 말의 배를 계속 들이받았다. 말이 낡은 담벼락처럼 무너져 내렸다. 갑옷처럼 두꺼운 솜옷을 입고 있는 피카도르도 그대로 꼬꾸라졌다. 피카도르의 얼굴이 마구와 말의 내장 사이에서 나타났다. 빨간 술이 달린 피카도르의 모자는 온데간데없고 겁먹어 번쩍거리는 커다란 얼굴만 보였다. 말이 펄쩍펄쩍 뛰는 통해 투우장 여기저기에 내장이 쏟아졌다. 울타리 아래에는 말 여러 마리가 쓰러져 있다. 안장이 없고 뼈가 투우장 안에 있는 말보다 더 튀어나와 있다. 벌어진 입 사이로 노란 이빨이 보였다.

레메디오스 양은 어디에 있을까? 여기 있는 어떤 부채도 베일이 깊게 드리웠던 그녀의 소중한 목을 식혀 주지 못하고 여기 있는 어떤 눈썹도 빵을 윤낼 때 쓰는 작은 붓 같은 것으로 다듬는 그녀의 새까만 눈썹과 비슷하지 않다. 여기 있는 누구도 사람의 마음을 사로잡는 허스키한 목소리를 가지지 못했다. 레메디오스 양은 이곳에 없다. 그녀는 피를 좋아하지 않는다.

이제 황소는 체스의 졸처럼 배치되어 있는 은색 옷을 입은 남자들의 먹잇감이 되었다. 은빛 졸들은 한 사람씩 차례로 날개를 펼치고 날아서 피 묻은 소의 뿔 앞에 섰다. 한 사람이 붉은 천으로 자신의 허리를 감쌌다. 천 자락 아래로 바보 같은 핑크색 양말이 보인다. 또 다른 사람은 피가 검붉게 말라붙어 있는 천을 높이 쳐들었다가 내리고는 그물처럼 땅에 끌고 다니다가 장막처럼 펼쳤다. 장막을 걷자 한 남자가 햇빛을 받으며 서 있다. 남자는 은색 종이꽃으로 장식한 작살 네 개를 황소에게 꽂았다.[9] 검은 피가 품어져 나왔다.

황소의 움직임이 둔해졌다. 이제 황소의 운명은 황금 옷을 입은 남자의 손에 달렸다. 관중들의 함성이 밀도 높은 덩어리가 되어 점점 커졌다가 마타도르가 선보인 첫 기술에 수천 개 소리로 부서졌다. 그는 자그마한 사람이다. 머리와 구두에서 반짝반짝 윤이 났다. 황소가 투우사의 붉은 천과 실크 옷소매를 찢었다. 지친 황소의 머리는 아래로 향하고 땅이 침으로 더러워졌다.

투우사가 세 걸음 뒤로 물러나 얼굴에 묻은 땀을 닦았다. 그리고 매우 연극적으로 고개를 젖혀 모자를 떨어뜨렸다. 대머리였다. 그는 테너처럼 발끝으로 서서 숨을 거칠게 내쉬고는 뒤로 한 번 뜀을 뛰고 허리에 손을 얹고 기다렸다. 마른 두 뺨에 미소가 스쳤다. 그는 군중을 향해 손을 들어 환희의 순간을 늦추었다. 황소가 주둥이를 모래에 처박은 채 옆으로 뒷걸음쳤다. 관절이 접히고 무릎이 땅에 떨어지고 다리가 뻣뻣해졌다. 그리고 마지막으로 머리가 고꾸라졌다.

수상이 투우사에게 황소의 귀를 선물했다.

사람들이 빠져나간 투우장에는 거무스레한 얼룩과 그 주위로 어지럽게 뒤섞여 있는 짐승의 발굽과 사람의 발자국만 남아 있다.

아니스 향이 감도는 사랑이 부재한 오후는 이렇게 끝나고 마는가? 아니, 찢어지도록 가슴 아픈 도살장의 오후는 이렇게 끝나고 마는가?

---

9   피카도르가 소에 창을 꽂고 나면 반데예로(Banderillero) 꽃 장식이 된 작살 반데이야를 소의 목에 꽂는다. 그리고 나서 마지막으로 마타도르가 나타나 칼로 소의 심장을 찔러 죽인다.

이틀 동안 수소문한 끝에 사회주의 아카데미에서 레메디오스 양의 전화번호를 얻었다. 그녀의 목소리였다. 다음 날 아침 7시에 바르셀로나 근교에서 우리는 만나기로 했다.

눈을 붙이려고 했지만 잘되지 않았다. 호텔 방 창 너머로 야자수가 심어진 평평한 대로가 보인다. 새벽 2시인데도 아이들이 가로등 아래서 삽으로 모래를 뒤적거리며 논다. 다른 유럽의 아이들 같으면 한밤중까지 노는 것은 상상할 수도 없는 일이다. 광고판들이 환하게 빛났다. 비누 광고판 불빛을 받고 있는 한 건물은 핏빛이었다가 어둠 속으로 사라졌다. 그러고는 다시 파란색과 녹색으로 나타났다. 앙코르 박수가 나올 때마다 다른 색깔의 숄을 걸치고 나오는 유명 무용수들이 생각났다. 건물들 위로 보이는 몬주이크 성채가 분당 네 번 등대 불빛을 받으며 을씨년스럽게 불침번을 서고 있다.

새벽 3시를 알리는 종이 울렸다. 이제 광장은 텅 비었다. 2층에 있는 카지노는 여전히 환하다. 샹들리에와 마루가 보였다. 카드를 섞는 동안 사람들이 발코니로 나와 플러시천을 댄 난간에 팔을 괴고 있다. 건물 아래에서는 운전수들이 차 안에서 카드를 했다. 수평선 위로 어슴푸레한 빛이 비칠 무렵 기름으로 손님들의 머리를 매만지던 이발사들은 손을 놓고 물 끓이는 솥을 수건으로 덮었다. 도시는 짧은 휴식기에 들어갔다.

얼마 후 택시가 도착했다. 레메디오스 양과 약속한 비시 공원으로 향했다. 콜럼버스 광장에서는 노숙자들이 벤치 두 개에 걸쳐서 자고 있다. 족히 100명은 되어 보이는 얼굴 검은 사람들이 껍질이 두꺼운 야자수 아래서 석간신문으로 발을 감싸고 자며 서로 이를 잡아 주는 꿈을 꾸고 있다. 개중에는 단춧구멍에 꽃을 꽂은 연미복을 입은 남자도 있다. 남자는 집에 돌아가지 않고 입을 벌리고 코를 골며 잔다. 택시는 면화 선물 시래도 부사가 뇐 사람늘이 모여 살고 있는 아르구에스 구역을 지났다. 내가 아직 잠을 자고 있는 것은 아닌지 의심이 들 정도로 이상한 동네였다. 꽈배기처럼 꼬여 있는 집들밖에 없었다. 창문은 그물코처럼 생겨 그 사이로 햇빛이 들어가고 창살은 금속으로 된 해초 모양이나 초록색과 연한 분홍색을 칠한 아연으로 된 칡뿌리 모양이다.

뒤틀려 있는 방탄벽 아래로 고무로 된 집들이 모여 있다. 입을 크게 벌린 집들의 현관을 통과해 길이 나 있고 길은 지붕 까지 오르막이다. 지붕 측면에는 관리인의 거처가 섬유종처 럼 매달려 있다. 철제 아이리스 꽃밭에서 키메라들이 싸우고 있는 담 위로 굴뚝이 정맥류처럼 불룩불룩 튀어나와 있다. 하 지만 건축가들이 집 짓는 데 힘을 다 썼는지 길은 거기서 끝 나고 공터가 나왔다. 표지판 덕분에 길이라는 것을 겨우 알 수 있었다. 군데군데 채소밭이 있었는데 그 사이에도 저택이 하 나 들어서 있다. 데코레이션 케이크 모양의 집으로 얇게 썬 아 몬드가 붙어 있고 견과류가 한쪽으로 몰려 있는 듯한 돌담이 서 있다. 드디어 과일조림으로 장식된 술에 취한 열두 개 고인 돌이 떠받들고 있는 세라믹 테라스 앞에서 택시가 멈췄다. 이 평평한 테라스는 소금통처럼 구멍이 숭숭 뚫린 니스칠한 파 이프들이 나무인 양 솟아 있는 걸 보니 아마 지붕인 모양이다. 두 동강이 난 지렁이처럼 비틀린 작은 길을 걸어 나선형 계단 을 올라갔다. 체크무늬 정자가 나왔다. 레메디오스 양이 알로 에 나무 사이에 서서 미소를 머금고 나를 기다리고 있었다. 그 녀는 고무의 왕 발랑탱이 만든 연보라색 먼지막이 외투를 입 고 있었는데 속에는 거의 아무것도 걸치지 않았다. 기름을 바른 머리에는 하늘이 반사되었다. 그녀는 나를 향해 물고기 같은 눈을 굴리며 뽀뽀하듯 입술을 삐쭉 내밀었다.

"반가워요. 이제 됐나요?"

"당신을 보다니 꿈만 같습니다. 사랑합니다."

그녀는 먼저 내 어깨를 잡은 후에 포옹을 했다. 코메디프랑세즈가 공연하는 고전극에서나 볼 수 있는 포옹이었다. 만나서 반갑다는 스페인식 표현이리라.

"내가 저항을 포기한 대가로 어떤 희생을 치렀는지 아세요? 당신은 최악의 순간에 나타났어요. 지금 누구도 만나면 안 되거든요. 칠레에서 큰돈을 번 카탈루냐 출신 사업가가 이 공원을 지어서 시에 기증했어요. 식물원도 있고 놀이공원도 있어요. 너무 평화롭죠. 안 그래요? 잔디밭, 알로에나무, 유리 장식 그리고 저녁이면 동굴에서 수증기의 향연이 벌어져요. 나는 행복해요. 유명한 탱고곡 가사처럼 말예요.

꿀벌이 되어 꽃 속에서 죽고 싶어라.

그런데 꽃 속에서 죽는 대신 싸워야만 해요. 아! 이제는 당신에게 말할 수 있어요. 나는 투쟁에 적합한 사람이 아니에요. 나는 당 서기이고 아나톨 프랑스와 함께 자유 동맹의 명예회장이고 여행을 하고 연설을 하고 홍보 활동을 하고 있지만 내가 진짜 원하는 게 무엇인지 아세요? 실내복을 입고 아침 식사를 하는 거예요. 하녀의 시중을 받고, 새를 키우고, 미용사를 집으로 불러 머리를 하고 싶어요. 듬직한 품 안에서 잠이 들고 침대에서 코코아를 마시고 식전주 마실 시간에 영화를 보고 여동생들과 조카들과 함께 저녁 식사를 하고 집에 돌아오면 침대 맡에 장미 다발이 나를 기다리고 있는 거죠. 당신에게만 고백하는 거예요. 무덤까지 가져가야 해요! 이제 그만 가요. 눈을 뜨자마자 나왔는데 누가 미행했을지도 몰라요. 오늘 저녁에라도 기차를 타고 프랑스로 돌아가세요."

"당신을 보러 여기 왔습니다."

그녀는 다급해 보였다.

"어쩌면 내일 총파업이 있을 거예요. 외국인은 모두 용의자가 될 것이고 무자비하게 총살당할지도 몰라요. 여기까지밖에 말할 수 없어요."

"나의 유일한 관심은 당신을 사랑하는 것이고 나의 유일한 잘못은 당신을 유혹하고 싶다는 것입니다. 내가 위험을 무릅쓰는 것은 경솔해서도 아니고 당신의 환심을 사기 위해서도 아닙니다. 장난도 아니고요. 당신이 보고 싶어서 여기까지 온 겁니다."

말을 끝내고 나는 그녀를 끌어당겼다.

내 옷에 그녀의 쌀가루와 진주 분가루가 떨어졌다. 그녀는 나를 다정하게 쳐다보고는 선글라스를 꼈다.

우리가 서 있는 바위로 둘러싸인 골고다 언덕 꼭대기에 헬리오트로프꽃이 피어 있다. 헬리오트로프꽃과 흉갑 모양 안에 성채가 그려져 있는 알폰소 12세 훈장의 표상을 닮았다. 그곳에서 내려다보는 도시는 공기에서 긴장감이 느껴지고 건축 공모전에 제출된 설계도처럼 순수하고 맑았다. 바다만이 하늘까지 닿아 있는 안개로 뿌옜다. 케이블카가 작동을 시작했다. 발전기가 그르렁거렸다.

"이것이 잠에서 깨어나고 있는 바르셀로나예요. 고급 주택, 시간을 잘 지키는 전차, 잘 꾸며진 도시…… 산업화의 완벽한 표상이죠. 그런데 피로 물든 바르셀로나를 본 적이 있나요? 부서진 덧창, 터진 파이프 그리고 내 창문 아래서 따스한 햇볕을 받고 있는 얼룩. 학교에서 집으로 돌아오다가 죽임을 당한 어린 여자아이의 시체예요. 파리들이 아이의 얼굴을 파먹고 있어요!(그녀가 목소리에 힘을 주어 말할 때 입가에 맺힌 하얀 침방울이 순간 햇빛에 반짝였다.)

그러니까…… 1년 전에 모든 것이 시작됐어요. 모로코에 예비군 파병을 반대하는 항의 집회가 있었죠. 모로코 파병 문제로 스페인 전국이 시끄러웠어요. 군대가 저기 오른쪽에 보이는 수프에서 나는 김처럼 증기가 올라오고 있는 저 역을 감시했어요. 우리가 발렌시아와 마드리드에서 오는 증원군을 막는다고 철로를 뽑아 버렸거든요. 그날은 수요일이었어요. 우리는 포석을 깨뜨려 짱돌을 만들고 나무를 잘라냈어요. 정오부터 수도원 약탈이 시작됐어요. 내 기억이 맞다면 첫 표적은 산마르틴 수도원이었어요. 푸이그가 전날 나가서 아직 돌아오지 않아서 자정쯤 밖으로 나가 봤죠. 군중들이 무기고에서 무기를 탈취한 후 도심으로 몰려갔어요. 푸이그가 노동당 사무실을 지키고 있다는 얘기를 들었어요. 성모 마리아회, 산안토니오, 산파블로 수도원과 교구 성당이 차례로 불에 타고, 그렇게 해서 49개 성당이 잿더미로 사라졌죠. 콜럼버스 기념탑 꼭대기에 배치되어 있는 기관총 사수들은 난사를 했지만 보병은 사격을 거부했어요. 가스탱크 근처에 있는 사리아 예수회 수도원은 방어를 위해 총으로 무장했어요. 마침내 몬주이크 성에서 혁명 위원회의 위치를 파악했습니다. 내 방 멀리에서 폭탄 터지는 소리가 들렸어요. 노조나 교회가 숨겨 놓은 폭탄이 폭발한 거예요. 증원군이 도착하자 산티아고 장군이 공포령을 선포했고 시위 주동자들은 피레네 산맥으로 도망 갔습니다. 폭발 소리가 뜸해지다가 멈췄어요. 바르셀로나는 다시 지금 당신이 보고 있는 돈과 악의 구렁텅이로 되돌아 갔어요. 창녀촌은 어린 여자아이들로 가득 차고 외설스러운 사진과 정형학적 쾌락을 위한 도구가 넘쳐 나고 번쩍이는 광고판 뒤로 종교 재판의 낡은 영혼을 숨겨 놓고 수도원과 은행은 요새로 변했어요. 아파트 문은 금고 문처럼 채우고 창고에는 방벽이 쳐지고 고해실은 가난한 사람들이 못 들어오게 황금 철문을 둘렀어요. 그러는 동안 푸이그는 체포되어 저 위에 갇혔죠.

드디어 그자들이 위험한 무정부주의자 에스테반 푸이그를 손에 넣은 거예요. 변호사들은 그 사람을 만날 수 없었어요. 전 유럽이 분노한 것을 기억하죠? 유럽의 정의로운 눈이 위대한 인간이 굴하지 않고 버티고 있는 지하 감방으로 쏠렸잖아요. 소크라테스, 예수, 르슈발리에 뒤바로, 비스마르크, 라바숄…… 위대하고 도전적인 사상가들이 그렇게 죽었어요. 그것이 마지막이었어요. 살아 있는 그를 본 것이. 그이가 날마다 나에게 편지를 썼지만 한 장도 받지 못했어요. 나 역시 펠라요호 선실에 구금되어 있었거든요. 악어처럼 한 눈을 뜨고 항구에서 자고 있는 그 오래된 군함은 감옥으로 적격이었죠.

보세요. 도시 곳곳에 깃발이 나부끼고 은색종이로 만든 개선문이 세워지고 있어요. 오늘 밤에는 창문마다 촛불이 밝혀질 겁니다. 내일 테투안으로 떠날 군인들의 열병을 받기 위해 국왕이 오기 때문이죠. 또 똑같은 일이 벌어질 거예요……"

따뜻한 집을 생각나게 하는 고소한 코코아 향이 아침 공기를 타고 날아왔다.

그녀가 펜던트를 입에 물고 한곳을 응시한 채 꿈꾸듯 말했다.

"푸이그는 오후 6시에 예배당으로 옮겨졌어요. 그이는 무릎 꿇기를 거부하고 카리타스회 두 신부 사이에 서서 밤을 샜죠. 그러다 뒤에서 총을 맞았어요…… 하루 동안 그의 시신이 누워 있는 검은색 전나무 관이 공개되었어요. 머리에 붕대가 감겨 있고 얼굴은 아주 창백했어요. 목에 난 구멍은 석회로 막아 놨고요."

그녀가 팔로 내 목을 감쌌다.

"내가 철없는 반항아 같죠? 그렇죠?"

*

내가 창문을 열려고 하자 레메디오스 양이 달려들어 커튼을 거세게 닫았다.

"서성거리는 남자 때문인가요?"

키가 크고 어깨가 구부정한 도자기처럼 하얀 얼굴을 수염으로 가린 남자가 우리를 감시하고 있다는 것을 아까부터 눈치채고 있었다.

"네. 호세 살트라는 자예요."

"경찰인가요?"

"아뇨."

"그럼 당신을 흠모하는 남자?"

"딱하기 이를 데 없어요. 사회주의 아카데미에서 역사를 가르치던 동료인데 푸이그를 따르는 척하면서 이용만 한 나

뻔 사람이에요. 푸이그를 질투하고 오만하게 굴었어요. 당신도 알다시피 내가 사회주의 아카데미에서 일을 하면서 푸이그와 사랑에 빠졌잖아요. 그런데 저자가 나를 좋아했는지 그것을 알고는 비이성적으로 행동하기 시작했어요. 우리를 염탐하고 미행하고 익명으로 편지를 보내기까지 했다니까요. 우리를 경찰에 밀고한 자도 아마 저자였을 거예요. 어찌나 이상하게 행동하던지 사람 좋고 자제심이 강한 푸이그도 더 이상 참지 못하고 호세 살트와 언쟁을 벌였죠. 그 일로 저자는 아카데미를 떠났어요. 푸이그가 세상을 떠났을 때 아르헨티나에 있었는데 내가 바르셀로나에 와서 보니까 돌아와 있더군요. 나를 피하더라고요. 피하면서도 나에게 시를 보냈습니다. 수업을 다시 시작했지만 강의가 어찌나 광신자의 연설 같은지 수업을 듣는 학생이 한 명도 없어요. 성당에서 밤을 새우나 봐요. 코카인도 흡입하고요. 어제는 길에서 만났는데 나보고 같이 살자더군요. 무시하고 가려니까 내가 좋아하는 꽃으로 꽃다발을 만들어서 그 안에 폭탄을 숨기고 열병식을 마치고 돌아오는 국왕의 차에 던지겠다고 협박했어요."

"이런 치기 어린 행동이 바로 무정부주의를 참을 수 없게 만듭니다. 사랑은 무엇보다도 정확한 과학이어야 하는데 스페인 사람들은 신학을 소홀히 하면서부터 방법론을 잃어버렸어요."

"맞아요, 사랑스러운 당신. 당신은 방울새처럼 말하는……"

고개가 젖히고 입술 끝에서 내 것이 아닌 다른 사람의 이빨이 느껴졌다. 땡볕 아래 서 있는 것처럼 더웠고 숨도 쉬기 힘들었다. 내 눈 바로 옆에서 또 다른 눈이 나를 응시했다. 그 눈에서 발사된 빛이 내 눈을 아프게 하고는 사그라졌다.

"누가 나를 이렇게 변화시킬 수 있을까요? 분명히 말하지만 바람기가 아니에요. 파리에서는 바람기라고 얘기하죠? 나는 이제 육체적 쾌락에 취미 없어요. 단지 당신이 너무 슬퍼 보여서 나도 모르게…… 그것이 나의 약점이에요."

"예전에 나는 슬픈 인간이었습니다……"

"우리가 파리에서 함께 저녁 식사를 하던 중에 집시 악단에 오페라 라크메의 「스탄자」를 연주해 달라고 청했을 때는 나도 슬픈 인간이었어요.

신께서 우리를 떠나셨다……

그 순간 가재 다리가 부서지는 소리가 났어요. 내 심장이 부서지는 것 같았어요. 여기 아래서 뭔가가 뛰고 있어요. 알겠어요? 프랑스에서는 투표용지, 교육 공로 훈장, 의사 자격증을 봉헌하죠? 스페인에서는 성모 주위에 심장을 매달아 놓아요. 심장 다발이 주렁주렁 달려 있죠……"

"아픈 눈과 섬유종도 있습니다, 레메디오스 양. 톨레도에서는 밀랍으로 만든 고환도 봤어요."

"이렇게 우리가 다시 만났으니 나는 더 이상 기도할 필요가 없어요. 우리는 오랫동안 보지 못했잖아요……"

"살이 조금 빠졌군요." 나는 그녀가 듣기 좋은 말을 했다.

"나를 영원히 사랑하겠다는 뜻인가요?"

"물론입니다."

"당신이 고양이였으면 좋겠어요. 그러면 내 시곗줄을 가지고 놀면서 늘 내 곁에 있을 테니까요. 낮에는 당신을 작은 바구니에 넣어 두었다가 밤이 되면 꺼내 놓을 거예요. 그러면 당신은 다시 인간이 되는 거죠."

그녀는 애들 옷 같은 큰 물방울무늬 새틴 블라우스를 입었다. 세일러 옷깃에 하얀 크레이프천 넥타이도 맺다. 다리가 허공에서 흔들거리지 않도록 그녀의 작은 발을 깨물고 싶었다. 조상에게 어떤 유전자를 물려받았기에 이런 모습일까! 치즈 가게에는 우리 두 사람과 파리밖에 없었다. 한쪽이 잘려 나간 가슴처럼 반밖에 남지 않은 네덜란드산 치즈가 기름 냄새가 나는 검게 변한 햄과 함께 놓여 있다.

"스페인어 수업은 언제 다시 시작할까요? 불규칙 동사부터 시작하는 게 좋겠는데요."

레메디오스 양이 내 눈가의 주름을 읽었다. 기름진 얼굴에 우뚝 솟은, 하얗게 분 발린 둥근 코밖에 보이지 않았다.

"나는 당신이 과도하게 예민하고 사랑이 많은 사람이라고 생각해요. 나는 어떤 사람이냐면 과도하게 신경질적이죠."

그래도 나는 창문을 열었다. 내가 그녀를 죽이려고라도 한다면 그녀가 도움을 청할 수 있도록.

"감정이 메말랐다고 당신을 비난할 순 없죠. 하지만 당신이 표현에 인색한 것은 사실이에요."

상체가 긴 그녀는 단 한 번의 탄식으로 치즈 가게를 자신의 숨으로 메웠다.

요상하게 생긴 강변을 따라 산책로가 났다. 바르셀로나는 끔찍한 도시다. 눈썹이 진하고 엉덩이가 큰 여자들이 지나면 그 뒤로 삐쩍 마른 예수회 수도사들이 세 명씩 서로 새끼손가락을 끼고 지나간다. 도시를 내려다보는 몬주이크 산이 보인다. 바르셀로나에서는 어느 곳에 있어도 몬주이크를 피할 수 없다. 가파른 바위산에는 몸에 난 털처럼 틈새마다 야자수가 심겨 있고 군데군데 부야베스를 파는 선술집이 달랑달랑 매달려 있다. 다른 쪽 창문으로는 물들인 깃털을 파는 상인들이 보였다. 멀리로 배럴 오르간[10]을 사용하고 콘크리트 탑 네 개가 솟아 있는 현대식 성당이 눈에 들어왔다. 레메디오스 양이 작아 보였다. 스위스와 프랑스에서 보여 준 카리스마를 더 이상 찾아볼 수 없는 평범한 사람이 되었다. 자신의 조국이 그녀를 이렇게 쪼그라들게 했을까? 그래서 조국을 원하지 않았던 것일까? 그녀는 사랑이었고 영광이었다. 그랬던 그녀가 이제는 현실에 안주하고 기름기가 흐르는 타협적인 장식 가구로 변했다. 그녀의 눈은 나를 응시했다. 뭔가 말하려는 듯. '어쨌든 살아야 하지 않겠어요? 그것도 잘살아야지 않겠어요?' 그녀는 죽음을 잊고 삶을 움켜쥐었다. '자신이 희생했다'고 또 말했다. 그녀는 희생을 믿었다. 그럴 만한 이유는 충분했다. 그녀에게 고마워할 줄 모르는 내 자신이 싫었다. 물방울무늬 블라우스와 하얀 크레이프 넥타이 때문일까? 상복을 입었던 파리의 그녀는 얼마나 아름다웠던가! 인터뷰를 할 때 썼던 그 은빛 베일은 또 얼마나 신비로웠던가! 그녀는 골고다 언덕을 오르듯 생자크 거리를 걸었고 그녀 뒤로 구경꾼들이 소란스럽게 뒤따랐다. 그때 나는 언제나처럼 비범함을 믿었다. 하지만 이제는 나 자신에게 좀 더 정직해야 하고 그녀에게는 조소를 보내지 않아야 할 것이다.

"오늘 저녁에 케이블카를 타고 티비다보 산에 올라요. 트리크도 데려가고요. 팔마 등대를 보면서 만찬을 즐기도록 해

---

10 Barrel organ, 연주자 없이 자동 장치로 특정 곡을 연주하는 오르간. 일반적으로 거리의 악사가 핸들을 손으로 돌려 연주하는 소형 오르간을 가리킨다.

요. 내가 당신 어깨에 천천히 머리를 기대면 영웅이 없는 인습의 땅, 비겁한 꿈의 나라로 함께 여행을 떠나요. 잠옷을 가져 갈게요."

그녀의 귀에 걸려 있는 흑옥 귀걸이가 흔들렸다.

*

217호실 방을 잡았다. 새로 단장해서 접착제 냄새가 났다. 바퀴벌레 한 마리가 카펫 위를 천천히 지나갔다. 옷장 서랍에는 누가 잊고 갔는지 클로버 에이스 카드가 한 장 놓여 있다. 나는 저녁 식사 2인분을 주문했다. 그때 멀리서 폭발 소리가 들렸다. 전기가 끊겼다. 초를 세 개 켰다.

안뜰로 난 창문을 열었다. 가재 수프와 세제 냄새가 올라왔다. 침대보의 꽃무늬를 세고 화장 상자 안에 든 녹슨 유리병을 커튼으로 닦고 실내화를 치웠다. 마지막으로 아무 생각 없이 물도 없이 화병에 꽃을 꽂았다. 연극에서 그러듯.

레메디오스 양은 내가 작은 바구니 안에 들어 있는 고양이기를 바랐다. 그녀가 뚜껑에 금발 여자가 나체로 해변에 누워 있는 그림이 그려진 담배 케이스를 선물하겠다고 약속했는데 이유는 모르겠지만 눈동자가 없는 에스테반 푸이그의 흉상을 호텔로 보내왔다. 나는 방수포에 싸인 흉상을 침대 밑에 넣어 두었다. 어떻게 할 것인가? 결국에 나는 할 수 없이…… 살아갈 것인가? 그렇다면 혼자? 아니면 다른 사람들과? 스페인 신문은 왜 1면에 부고 기사를 실을까? 아침마다 이곳저곳에서 탄식의 소리가 난다.

나는 결심했다. 내겐 열정이 필요하다. 더 고통당하고 더 감동받아야 한다. 어쩌면 지속적인 흥분이 필요할지도 모른다. 레메디오스 양은 그 무엇과도 비교할 수 없다. 그녀는 얼굴에 빛을 품고 있다.

기다리다 지쳐 식사를 시작했다. 20분마다 산 전체를 흔들 정도로 엄청난 충격을 일으키며 케이블카가 도착했다. 뒤이어 쏴아 하는 물 떨어지는 소리와 함께 케이블카 문이 열리면 나는 두 배로 불안해졌다. 귀를 쫑긋했다. 이번에도 그녀가 타지 않았다. 그녀가 왜 이렇게 늦는지 이유를 찾거나 아니면 아예 오지 않을 것이라는 생각을 떨쳐내려고 애썼다. 그러지 않으면 그녀가 내게 오는 것을 막는 사악한 힘이 깨어날 것 같았다. 나는 온 마음을 다해 그녀를 욕망했다. 그녀와 단둘이 새너토리엄에 가서 편히 쉴 수 있기를 열망했다. 오늘 아침까지만 해도 무슨 일이 있어도 파리에 돌아가야겠다던 생각조차 잊었다.

시간이 흘렀다. 그녀가 오지 않을 것이 분명해졌다. 오늘 밤 침대에서 비스듬히 누워 자거나 가로로 누워 자는 것도 그리 나쁘지 않겠다고 애써 생각했다.

호텔은 해발 800미터 높이에 있다. 시골의 소리는 아직 도착하지 않았고 도시의 소음은 더 이상 올라오지 않았다. 사람들은 각자의 방식으로 잠이 들었다. 잠은 나를 거부했다. 내가 할 수 있는 일이라고는 기다리는 것뿐이다.

옷을 입은 채 잤다. 새벽 2시경 계속 떠들던 옆방 사람들이 등심 스테이크와 만자니야 와인을 주문했다. 한 아이가 울음을 터뜨리며 새벽이 오는 것을 알렸다. 다른 아이가 화답했다.

나는 방문을 열어 놓았다. 밖에서 소리가 날 때마다 몸을 떨었다. 자다 깨다를 반복했다. 복도에 있는 전화가 울렸다. 복도 한구석 붉은 램프 아래서 쓰러져 자는 벨보이는 소리를 못 듣는지 전화가 계속 울렸다. 밤새 영국산 수입 가구들이 쩍쩍 벌어졌다. 그 소리가 날 때마다 옆의 부푼 베개가 더 차갑게 느껴졌다. 거울에 한없이 넓은 방을 유일하게 밝히고 있는 달이 비쳤다. 거울에 반사된 달은 다시 먼지가 떠 있는 양동이에 담긴 물 위로 떨어졌다.

나는 이내 곯아떨어졌다.

다음 날 아침 전날 폭탄 테러가 발생했고 레메디오스 양이 체포되었다는 소식을 들었다.

터키의 밤

  오리엔트 특급 열차는 매주 세 차례 승객을 싣고 밤을 달린다. 매번 같은 승객이다. 파리에서 물건을 사서 콘스탄티노플로 돌아가는 프랑스인 패션디자이너들과 그들보다 젊은 모자 디자이너들이다. 라로슈를 지날 때쯤 벌써 파리의 향기는 사라지고 장미와 매운 베르가못의 끈적한 동양의 냄새가 시작된다. 기차 복도에는 영국인 고위 공무원 부인네들이 여섯 명의 금발 갓난아기들을 안고 흔들리며 서 있다. 봄베이에 도착하기 전에는 아이들을 침대에 제대로 눕히지 못하리라. 삼각모를 쓴 사령부 장교들은 기차가 정차하면 짧은 다리를 쫙쫙 펴고 권위적으로 플랫폼을 걸었고 프랑스 장교들은 가슴을 다 가릴 정도로 훈장을 주렁주렁 달았다. 영국인들은 늦게까지 잠을 자지 않고 휘파람을 불며 물과 수건이 다 떨어질 때까지 화장실에서 꼼짝하지 않았다. 비시에서 지내면서 얼굴색이 맑아진 테살로니카 출신 스페인계 유대인 가족은 헝클어진 침대에 양반다리로 앉아서 하루 종일 꼼짝하지 않고 있다. 전기 램프에 매달려 있는 키안티 와인병들이 흔들렸다.

차축이 자장가를 부르고 강철 캐스터네츠가 장단을 맞추는 소리에 모두 잠이 들었다. 코 고는 소리, 빈대를 쫓기 위해 마호가니 벽을 치는 소리가 들려왔다. 복도 입구에 기관사가 쿠션을 깔고 앉아 쉬고 있다. 쿠션 안에는 몰래 들여 온 레우, 리라, 디나르, 드라크마, 터키 리라가 가득 들어 있다. 윗옷 알파카 튜닉 안자락에는 종이로 싼 보석들이 주렁주렁 매달려 있다.

기차는 고딕풍 스위스 기차역을 하나씩 깨우며 달렸다. 기차가 통과할 때마다 역의 스테인드글라스가 흔들렸다. 오리엔트 특급 열차는 29분 동안 강철 교향곡을 연주하며 피에몬테 지방의 논을 지나 대단할 것 없는 칠흑처럼 컴컴하고 쥐 죽은 듯 조용한 거대한 저수지에 도착했다. 베네치아다. 잠에서 깼을 때 기차는 매서운 겨울바람에 옥수수가 쓰러져 있는 크로아티아 평야를 달렸고 얼마 후 달리기 선수 유니폼처럼 검고 흰 줄무늬가 있는 돼지들이 돌아다니는 세르비아로 들어섰다. 돼지들은 바퀴와 경보기만 남아 고랑에 고꾸라져 있는 열차 몸뚱이를 게걸스럽게 탐닉했다. 강을 건너면 또 강이 나왔다. 우리는 버드나무처럼 흔들거리는 가교를 건넜다. 가교 옆에는 후퇴할 때 폭파해 교각만 남은 옛 다리가 있었다. 빈코브치[11]에서는 벨벳 옷을 입은 루마니아 사람들이 기차에서 내려 얼음장처럼 차가운 밤공기 속으로 사라졌다. 소피아를 지나자 고추를 담쟁이처럼 담에 걸어 말리고 있는 시골집이 나타났다. 여명을 받아 눈부시게 빛나는, 소가 잘 갈아 놓은 불가리아의 평야는 우표나 동전 뒷면에 나오는 그림처럼 풍요로워 보였다. 기차가 종착지에서 멀지 않은 트라키아 사

---

11   크로아티아 동부에 위치한 도시

막을 지났다. 하늘은 별로 가득했다. 나는 북극성을 찾았다. 하지만 서쪽 하늘 별자리만큼 익숙하지는 않아서 찾을 수가 없었다. 큰곰자리 역시 여기서는 땅 길로 가려는지 지평선 가까이에 떠 있어 알아보지 못했다. 비잔틴 벽 틈 사이로 마르마라해가 펼쳐졌다.

배가 다음 날 아침 출항할 예정이라 이 도시에서 하룻밤을 보내야 했다. 호텔은 견디기 힘들었다. 생기 없는 얼굴, 처진 입술, 번들번들한 코, 숯 검댕 눈썹, 페라[12] 구역처럼 날카로운 눈을 가진 사람들로 가득했다. 악단이 총을 발사하듯 연주를 시작했다. 음료수 병으로 만든 모스케 램프가 불을 밝힌 호텔 스모킹 룸에서 금색 띠 장식 군복을 입은 친영파 독립군 출신 그리스 장교들이 가짜 부하라 카펫이 덮여 있는 소파에 앉아 왈츠 연주를 들었다. 유대인 보이스카우트 아이들이 그리스 장교들이 풀어 놓은 권총집을 지켰다. 저녁 식사 할 곳으로 러시아 레스토랑 몇 곳을 소개받았다. 최근 여섯 곳이 새로 문을 열었는데 모두 러시아 남쪽에서 온 망명자들이 운영하며 여자들이 시중을 들었다. 나는 페라 대로에 있는 골목길 끝에 자리한 표도르라는 레스토랑을 선택했다. 레스토랑은 2층에 있었다. 천장이 낮은 실내는 연기와 소음, 술 냄새로 꽉 차 있다. 손님이 들어올 때마다 소굴 같은 레스토랑 안으로 바깥 바람이 파고들어 연기와 소음, 술 냄새가 공중으로 흩어졌다가 다시 내려와 사람들 얼굴을 가리며 실내를 위아래로 갈랐

---

12 Pera. 이스탄불의 한 구역인 베욜루의 옛 이름. 중세 시대부터 외국인들이 많이 살았던 지역이다.

다. 천장에는 파란색과 갈색 등이 달려 있고 벽은 러시아 화가가 그린 프레스코화로 장식되어 있다. 모스크바의 유명 인사들이 빨간 터키모자를 우스꽝스럽게 쓰고 야자수 아래를 산책하고 여자들이 원숭이 악단의 연주에 맞춰 춤을 추고 모자를 쓰고 조끼를 입은 흰곰이 첼로를 들고 가는 모습이 그려져 있다. 담배 연기 위로 레스토랑 주인의 얼굴이 나타났다. 키예프 극장에서 무대감독을 했던 사람이다. 그는 1914년 7월 29일 런던 코번트가든에서 마지막 공연을 마치고 분장실에서 술잔을 들고 「라마르세예즈」를 불렀던 찰리 채플린을 생각나게 했다. 하지만 몸집은 아셰트 연감에서 몬테네그로 다음에 나오는 러시아처럼 비교가 안 될 정도로 거대했다.

담배 연기로 뿌연 궁륭 아래서 손님들은 열심히 술을 마셨다. 영국인과 터키인이 몇 명 있었지만 주로 러시아인들이다. 핑크색 진주 목걸이를 하고 흰담비 코트를 걸친 마담이 추위에 떨며 레스토랑 입구에서 손님을 맞았다. 그녀는 황실 발레단 무용수였다. 헝가리 악단이 사람들의 머리를 향해 올가미를 던지듯 차르다시 춤곡을 조심스럽게 시작했다. 서 있는 것이 익숙지 않은지 여자 종업원들은 테이블에 앉아 손님들을 응대했다. 음식을 나르고 주문을 받고 내용을 전달하는 여자들의 몸가짐에서 자연스러운 기품이 느껴졌다. 귀족 계급 출신임을 한눈에 알 수 있었다. 이곳저곳에서 그녀들이 우아한 몸짓과 세련된 말투로 보통 비굴하게 보일 수 있는 일을 너무나 품위 있게 해내는 것이 놀라웠다.

멀지 않은 테이블에서는 그리스 샴페인을 마셨다. 기차를 타고 횡단하는 동안 많이 흔들렸는지 병마개가 펑 소리를 내며 천장을 향해 솟구쳤다. 식탁에는 캐비어가 가득 들어 있는,

높이가 30센티미터나 되는 깡통도 놓여 있다. 열흘은 면도를 하지 않은 얼굴에 사령관 계급장을 핀으로 외투에 꽂은 한 장교가 도망 중인 회계사처럼 지치고 지저분하고 과시하기 좋아하는 남자들로부터 성대한 대접을 받았다. 어깨에 닿을 만큼 큼지막한 도토리 모양의 금 귀걸이를 한 아름다운 곱슬머리 여자가 아이스버킷에 소금을 뿌렸다. 어깨가 드러난 드레스를 입고 나에게 등을 보이고 앉은 여자는 정확한 프랑스어로 "슬슬 주문을 할까요?"라고 물었다. 목소리에 권위가 느껴져 레스토랑 주인인 줄 알았는데 종업원을 부르지 않고 주머니에서 수첩을 꺼내 허리띠에 묶어 놓은 연필로 주문을 적었다. 종업원인데 테이블에 초대받은 것이다.

조리실로 가려는지 여자가 의자를 뒤로 밀고 일어나 몸을 돌렸다.

"안나 발렌티노바! 당신이 어떻게 여기……"

"안녕하세요!" 그녀의 목소리가 과장되었다. "여기서 만나다니 정말 재밌군요. 콘스탄티노플에는 언제 왔어요?"

"두 시간 전에 도착했소."

그녀는 말끝을 올렸지만 별로 놀라워하는 것 같지는 않았다. 나와 산책하려고 호텔 현관에서 나를 기다리던 옛 모습 그대로였다. 손에 장갑을 끼고 지팡이를 팔에 걸치고 따라오려는 자신의 강아지를 발로 내쫓던 모습이 눈에 선하다.

"나는 망명객이 되었어요." 그녀는 두 손을 벌리고 불쌍한 표정을 지었다. "집을 떠난 지 벌써 1년 반이에요. 여기엔 봄에 왔어요. 근사한 구두를 신은 걸 보니 신수가 좋아 보이는군요. 내 구두는 밑창에 양철을 대고 거위 가죽 끈으로 묶은 거예요. 퐁텐 거리에 아직도 테오토코블리 양화점이 있나요?

130켤레나 되는 구두 값을 아직 갚지 못했어요."

"노대체 어떻게 된 거요?"

"어떻게 말로 설명할 수 있겠어요. 튜체프 시인의 말처럼 러시아는 이성으로 이해하면 안 되고 무조건 믿어야 해요. 그렇다고 우리가 회포를 못 풀 건 없죠. 나와 얘기하려면 테이블을 옮겨야 해요. 여기는 내 담당이 아니거든요. 스트라코프 백작 부인이 당신의 시중을 들고 있어요."

"마리카!" 안나는 목까지 몰라오는 검정 반팔 블라우스를 입은 갈색 머리 젊은 여자를 불렀다. "이 손님을 내 테이블로 모셔 가도 되겠어? 비아리츠에서 알고 지내던 분이야. 인사시켜 줄게."

스트라코프 백작 부인은 앞치마에 손을 닦고 내게 손을 내밀었다. 나는 엄지손가락에 다이아몬드 반지가 끼워져 있는 백작 부인의 손등에 입을 맞췄다. 그러는 것이 이 레스토랑의 예절이었다.

안나의 테이블로 옮겨 앉자마자 나는 그녀에게 다시 만나 너무 기쁘고 아직도 그녀를 사랑하고 있다고 말했다. 그녀는 내가 자신의 불쌍한 처지를 이용한다고 나무랐다.

"당신은 사려 깊고 관능적이고 진지해요…… 원래 프랑스 남자들이 그렇죠. 열정적이면서도 안전을 추구하죠. 열정과 안전은 간통의 시대에 파리의 모토이기도 하고요. 하지만 한 사람도 빠짐없이 모두 짓궂어요. 또 재치는 얼마나 뛰어난지! 나는 5년 동안 그런 남자 없이 살았어요." 안나는 칼 손잡이로 자신의 팔을 쳤다.

한 영국인 장교가 계산서를 달라고 소리를 질렀다. 안나가 일어섰다.

"원래부터 이 일을 하던 사람 같군요, 안나 발렌티노바."

"나는 러시아 여자예요. 우리들 피에는 광기가 흐르고 있어요. 우리는 못하는 일이 없어요. 사악한 마귀도 우리에게 두 손 두 발 다 들 정도죠. 우리는 신들과 권투할 때 영국인들처럼 주먹을 쥐거나 턱을 가리지 않아요. 프랑스인들처럼 짜증을 내면서 영리하게 운명을 받아들일 줄도 모르죠. 남의 시중을 드는 것은 지겨운 일이에요. 그렇다고 시중을 받거나 매일 저녁 팔레스 호텔에서 열리는 무도회에 가는 것보다 지겨울 것도 없고요."

"좋은 시절이었소. 1914년 4월에 성모 바위에 태풍이 불었잖소. 당신과 당신 어머니가 살던 길 모퉁이에 있는 커다란 아파트까지 파도가 올라온 것을 기억하죠? 어머니 백작 부인은 잘 계신가요?"

"1년 전에 마르마라 해 프렌스 섬에 있는 검역소에서 티푸스로 돌아가셨어요. 가족과 친척이 서른다섯 명이나 죽었어요. 다 잃었어요. 경제적 독립도 나를 위로해 주던 자연 속에서의 삶도 모두. 불행은 나의 유일한 소일거리이고 진실을 떠받드는 유일한 기둥이에요. 또 남자 친구처럼 옆에서 계속 소음을 만들어 내죠. 쓸쓸하고 정신없는 소음이지만 덕분에 하루하루를 견뎌요. 사람들은 날마다 자살자 명단을 확인하고 울적해하지만 나는 이제 그런 데 관심 없어요. 동원령이 내려졌을 때 우리는 툴라 주에 있는 페르메니코프로 피난 갔어요. 그곳에 집이 있었거든요. 녹색 지붕에 석회벽으로 된 자그만 집이에요. 그곳에서 농사를 짓고 꿩 사냥을 하고 붕대를 만들고 책을 읽었어요. 눈 오는 밤에는 자작나무 숲에서 모닥불을 켜고 말들이 히힝거리는 소리를 들으며 보냈지요. 혁명이 일어났어도 변한 것은 없었어요. 전쟁에 나갔던 군인들이 기차 지붕에 매달려 돌아왔어요. 터널에서 죽지 않고 살아 돌아온 군인들에게는 땅을 내줘야 했죠. 1918년이 되자 상황이 나빠지기 시작했어요. 혁명의 결과는 천둥 번개처럼 변덕스러웠죠. 오라버니가 황실 경비대 장교였지만 어머니와 나는 그리 큰 고초를 겪지 않았어요. 그런데 우리가 있는 곳에서 10리 정도 떨어진 마을에 살았던 사마린 왕자는 조카딸이 산 채로 매장되고 조카가 총검으로 갈기갈기 찢겨 죽는 모습을 자신의 눈으로 봐야 했어요. 사마린 왕자도 지금 콘스탄티노플에 있어요. 제가 그 집에 살고 있고요.

어느 날 아침 붉은 군대 특무 상사가 탈영병들을 끌고 페르메니코프에 들어왔어요. 자다가 깜짝 놀라 일어나서 진주 목걸이를 찾아 난로 잿더미 속에 숨겼어요. 엄마와 내 반지는 쌀가루 속에 숨겼고요.

'안나 발렌티노바, 가진 은식기와 현금 모두 내놓으시오!'

시키는 대로 했어요.

'다 내놨다고 성화에 대고 맹세하시오.'

맹세도 했어요.

'이제 보석을 내놓으시오.'

그자들의 털모자에 자질구레한 장신구, 팔찌, 가짜 보석이 박힌 티아라를 넣었어요.

'다 내놨다고 맹세하시오.'

맹세한다고 말하려는데 특무 상사가 나를 노려봤어요. 그래서 얼굴을 돌리고 나머지는 전당포에 맡겼다고 말했죠. 그랬더니 피식 웃고는 더 이상 물어보지 않더군요.

그때 가장 마음이 아팠던 것이 뭔지 아세요? 어린 시절부터 가지고 있었던 파란색 바탕에 하얀색 크레믈린 궁이 그려진 은도금 잔과 프랑스제 스푼을 뺏긴 거예요.

그래서 용기를 냈죠.

'자비를 베풀어 주세요. 은도금 잔과 프랑스제 스푼은 돌려 주세요.'

특무 상사는 내가 불쌍했던지 잔과 스푼을 돌려주고는 내 손등에 입을 맞추더군요. 물론 내 검지에 끼어 있던 에메랄드 반지를 예의를 갖춰 빼내는 것은 잊지 않았죠.

그 일이 있은 지 한 달 후쯤에는 체코슬로바키아군에 밀려 퇴각한 탈영병들이 돌아왔어요. 이자들은 전국을 돌아다니며 약탈을 자행했어요. 탈영병들이 한번 지나가면 마을은 폐허가 되었죠. 우리는 두 시간 만에 있는 것 없는 것 챙겨서 피난을 떠났어요. 어느 곳에서도 환영받지 못했죠. 만나는 사람마다 적이었어요. 좋을 때도 있었지만요. 딱 한 번. 안톤 데니킨[13]이 키예프에 입성했을 때죠. 정말 장관이었죠! 코사크 기병대가 번쩍번쩍 빛나는 말을 타고 절도 있게 행진했어요. 사람들에게 밀가루를 나눠 주고 거리 곳곳에 깃발이 나부꼈죠. 폴란드 망명자들은 노래를 하고 수병들은 아코디언을 연주하고 그날 우리는 러시아가 진짜 해방되는 줄 알았어요. 하지만 그 뒤로 우리가 본 것은 혼란과 무질서였어요. 그리고 후방이 무너졌어요…… 어쩌겠어요. 그게 러시아인걸."

"브란겔 사령관[14]의 군대는요?"

---

13 Anton Denikin(1872~1947). 제정 러시아 군대 사령관으로 1차 세계 대전에 참전했고 1917년 러시아 혁명 후 러시아 남부에서 반혁명군에 합류했으며 1918년 러시아 남부 백군 사령관이 되었다. 1920년 볼셰비키의 승리로 내전이 끝나자 프랑스로 망명했다.

"브란겔 사령관은 돈이 없어요. 오라버니가 브란겔 사령관 군대에 있는데 하루에 1만 루블밖에 받지 못한대요. 그걸로 어떻게 살겠어요. 군화도 없이 생양파로 연명하고 있어요. 당신이 레스토랑에 들어왔을 때 내가 함께 식사를 하고 있던 장교 기억나요? 프레오브라옌스키 연대 소속 스테판 바자로프 사령관이에요. 얄타에서는 접시도 닦았대요. 은상감이 된 탄약통과 손잡이에 토파즈가 박힌 단도를 가지고 있는데도 속옷이 없어서 맨몸에 군복을 입어요. 볼셰비키가 정권을 잡았을 때 우리는 오데사에 있었는데 영국 군함이 우리를 프랑스 섬에 데려다주었어요. 장티푸스에 걸려 죽을 뻔했죠.

 그야말로 빈털터리였어요. 리본에 묶어서 목에 걸고 다닌 옛 은화 몇 개가 전부인……. 12개 국어를 구사하고 철학원에서 공부한 아나스타샤라는 여자가 있는데 지금 여기서 뭘 하는 줄 아세요? 미국제 성냥을 팔아요. 나는 2년 동안 침대에 시트를 깔고 자본 적이 없어요."

 그녀는 슬퍼 보였지만 담담하게 말했다. 얼굴에 어떤 고통스러운 기억도 묻어 있지 않았다. 가슴에 담아 둔 사연을 다 털어냈다는 듯 오히려 안도의 빛이 비치기도 했다.

 악단은 오페레타 「피피」를 연주했다. 제1바이올린은 가끔 머리를 삐쭘 내밀어 소리의 수면 위로 올라오기도 했지만 화음에 완전히 잠겨 잘 들리지 않았다.

---

14   Piotre Nikolaevitch Wrangel(1878~1928). 제정 러시아 장군. 1918년 데니킨 장군이 이끄는 백군에 합류하여 코사크군 러시아 내전에서 군 사령관을 지냈다. 1919년 여름, 데니킨 장군과의 불화로 백군의 후방기지 역할을 했던 이스탄불로 망명했다가 1920년 데니킨 사령관의 퇴진으로 러시아 남부 백군 사령관이 되었다.

"로얄 플러시를 가지고 있으면서 가만있었던 거야?"

농민들이 입는 털옷을 걸친 이 빠진 남자들이 카드 게임을 했다. 도끼를 내려치듯 카드를 세게 내려쳤다.

안나가 절인 과일을 내왔다. 그러고는 내 앞에 서서 뮈스카를 마셨다.

"내 말이 황당무계하게 들리죠? 하지만 러시아 자체가 황당무계해요. 그곳에서는 모든 게 황당무계하죠. 환희도 권태도…… 매력적이지 않나요? 여자들의 힘도 커요. 여자들이 전쟁, 정치, 정탐 활동, 사업 안 나서는 데가 없어요. 장군들과 함께 기차에서 생활하고 장관들 집무실을 찾아가고 숲, 감옥, 강…… 안 가는 곳이 없어요. 하지만 프랑스 여자들과는 다르게 남자들에게 상식을 불어넣거나 경제적으로 도움을 주는 일은 없죠. 어딜 가든 우리는 극단적이에요. 콘스탄티노플만 해도 그래요. 빈곤에 허덕이면서도 돈을 물 쓰듯 하잖아요. 술을 마시고 사기를 치고 분노하고, 그러다 죽어요. 아니면 터키 사람도 놀랄 정도로 야비하게 장사를 하든지."

나는 안나의 기분을 풀어 주기 위해 볼셰비키 정권이 곧 붕괴되리라고 거짓말을 했다.

"그래요. 언젠가 러시아로 돌아갈 수 있겠죠. 언젠가……"

언젠가…… 그녀의 입에서 감미롭고 아련하게 흘러나오는 언젠가는 미래에 짐을 지우는 언젠가가 아니라 미래에 약간의 무게를 실어 주는 것이고 지평선에 아련하게 보이는 푸른 전나무처럼 보일 듯 말 듯 신기루를 만들어 내는 것이다. 물론 신기루라는 건 그녀도 안다. 아무리 구체적인 단어도 러시아인의 입에서 나오면 어둠이 드리워진 사실이 되고, 단어가 가지고 있는 힘이 모두 사라지는 놀라운 변화를 겪는다. 그

래서 그녀의 말이 진심인지는 믿을 수 없다. 러시아어는 당황
스러운 언어다. 문법이 단어를 고정하는 것이 아니라 오히려
자유롭게 풀어 준다. 과거 시제가 너무 많아 점점 더 사실에서
멀어져 어제 일어난 일조차 의심하게 만든다.

"언젠가……"

안나는 전에도 그렇게 말한 적이 있다. 그날 저녁 나는 피
아트를 몰아 아두르 강변을 운전하고 있었다. 삼두마차처럼
차 지붕을 열고 머리카락을 흩날리며 달렸다. 당시 그녀에겐
블라디미르 예르몰로프라는 약혼자가 있었다. 남자를 사랑하
지 않았지만 그가 혈서로 시를 써서 그녀에게 보내는 바람에
약혼하게 되었다. 나는 그녀에게 청혼했다.

"기다려야 해요." 내 청혼에 대한 그녀의 답이었다. "때가
올 거예요. 때가 되면 모든 게 가능해질 거예요. 모든 것에는
정반대의 싹이 숨어 있으니까요."

안나는 그날 저녁 모습 그대로 다시 내 앞에 서 있다. 누구
나 사로잡고 마는 매력이 그녀를 감싸고 있다. 하지만 그 매력
은 그녀로부터 몇 발자국 나가지 못하고 사그라들었다. 사람
들은 물속으로 미끄러져 들어가듯 그녀의 눈동자 안으로 미
끄러져 들어간다. 그녀의 눈 색깔은 물색이다. 천 길 아래 바
닥까지 읽는 맑은 눈. 전쟁이 났을 때 나는 모든 것을 버리고
그녀를 따라가려고 했다.

"안나, 내가 결혼했다는 것을 알고 있소? 아이들도 있
소……"

그녀의 눈동자 안에 있는 에메랄드에 있는 점 같은 것이
흔들렸다. 그녀는 동양인처럼 자신을 응시하는 내 눈을 피해
고개를 돌렸다.

"한 가정의 가장처럼 보이지는 않아요. 당신은 노인이 되어도 아이의 얼굴을 하고 있을 것 같아요. 내 말이 맞았어요. 나 없이도 행복할 거라고 했잖아요."

"아아! 내 심장이 근사한 칼에 찔린 것처럼 아프군. 당신에게 뭔가 해 주고 싶소. 어떻게 하면 되겠소?"

"고맙지만 아무것도 필요 없어요. 유대인 상점에 맡긴 모피코트를 찾을 만큼 돈도 모았어요. 모피를 찾으면 큰돈이 생길 거예요. 그러면 기차를 타고…… 배보다 싸거든요. 파리로 갈 거예요. 파리는 우리 모두의 종착역이에요. 안 그런가요?"

"내가 여행 경비를 대겠소."

"경비는 필요 없어요. 사마린 왕자가 술을 마시려고 나 몰래 내 모피코트를 유대인 상점에 맡겼어요. 그 코트 안감에 파리에서 발행한 채권 3장이 들어 있어요. 모두 1000프랑짜리예요. 그래서 경찰에 신고하지 않은 거예요. 모피 코트를 돌려받지 못할 수도 있으니까."

"지금 찾으러 갑시다."

내가 몇 가지 알아봤다. 유대인 상점은 마지막 배가 들어올 때까지 기다렸다가 자정이 넘어서 문을 닫는다. 마지막 배가 쏟아낸 승객들은 소지품을 맡기고 날이 샐 때까지 몸을 뉠 곳을 찾는 데 필요한 100프랑을 받기 위해 유대인 상점으로 향한다.

새벽 1시가 돼서야 유엔 고등 판무관이 정한 통행금지 사이렌이 울렸다. 안나는 퇴근해도 좋다는 허락을 받았다. 악단이 연주하는 구슬프고 가벼운 노래는 점점 멀어져 가는 군대의 행진 소리처럼 작게 들렸다. 레스토랑의 손님들은 누구나 할 것 없이 합창에 동참했다. 식탁은 어지럽게 널려 있는 접시, 쓰러져 있는 술잔, 담뱃재와 꽁초로 지저분하다. 앙고라

고양이들은 식탁 위를 돌아다니고 선풍기는 탁한 공기를 여기저기 흩뿌리고 피아노는 이상한 소리를 냈다. 이 모든 방탕의 흔적은 추방자들의 기도처럼 하늘로 올라가는 러시아인들의 굵은 노랫소리에 지워졌다.

"러시아는 죽지 않아요." 레스토랑을 나오자마자 안나가 한 말이다. "어쩌면 불행이 러시아에 새로운 영혼을 탄생시켜주는지도 몰라요. 더 위대하고 더 순수한 영혼을 말예요. 우리는 젊음을 빼앗겼지만 아이들은 자라고 있어요. 콘스탄티노플, 바쿠, 블라디보스토크, 사할린에 있는 러시아 사람들이 어떤지 보세요. 이들이 조국을 사랑하는 마음은 그 누구 못지않아요. 지금은 금방 거대한 제국을 건설할 수 있어요. 하지만 그 제국이 무너지는 것은 더 시간이 안 걸려요. 지금 러시아는 바퀴 아래에 있지만 내일이면 바퀴의 가장 높은 곳에 있을 거예요. 파리에 가서도 이 말을 잊지 마세요…… 아니에요. 내 말이 틀려요. 우린 다 죽을 거예요. 당연히 그래야죠. 그래야 새로 태어날 수 있으니까."

모피 코트 교환증과 여권을 가져오기 위해 먼저 안나의 숙소에 들르기로 했다. 그녀는 항구에 있는 빈민가에서 살았다. 밖은 칠흑같이 어두웠다. 흑해에서 불어오는 바람은 휘파람 소리를 내며 보스포루스 해협을 지나갔다. 프티샹 구역에서는 이탈리아 카라비니에리, 프랑스 장다름, 붉은 모자를 쓴 영국 밀리터리 폴리스가 골목마다 보초를 서고 있다. 어떤 나라로부터도 보호하지 못한 국제적인 범죄자를 잡기 위해 잠복한 것처럼 보인다. 우리는 걸어서 더 내려갔다. 얼굴에 분을 잔뜩 바르고 금발로 염색했지만 뿌리 부분이 검게 드러난 추한 여자애들이 '아름다운 크레타' 술집으로 들어가자고 호객을 했다. 노랗게 칠을 한 상자처럼 생긴 커다란 전차가 앓는 소리를 내며 급하게 출발하고 14세기 제노바 이민자들이 지은 갈라타 탑 위로 영국 해군 사령부의 불빛이 반짝거렸다.

"안나, 오늘 저녁 식사 하기 전까지 내가 당신과 여기에 같이 있으리라고 그 누가 상상이나 할 수 있었겠소? 당신을 자주 생각했소. 언젠가 당신을 볼 날이 올 줄 알았지……"

"나는 상상하지 못했어요."

우리는 쓰레기 더미가 쌓여 있는 비포장 길로 들어섰다. 그리스 카바레들이 나왔다. 유리창에 연합군 국기가 그려져 있고 정문에는 농장주 옷을 입고 검은 선글라스를 낀 베니젤로스[15]의 초상화가 걸려 있다. 바람이 거세게 부는데도 터키인 몇 명이 길거리에서 너무 낡아 솜이 삐져나온 낡은 소파에 앉아 커피를 마셨다. 극장 정면에는 자동차 안에 묶여 있는 여자가 이빨로 기어를 바꾸고 있는 포스터가 차가운 조명을 받고 있다.

"프랑스군 통제 구역"이라는 표지판이 붙은 거리에서 전축 소리가 기침하듯 들려왔다. 야채를 실은 낙타 한 마리가 털 달린 교각 같은 다리를 벌리고 길을 막는다. 플라타너스로 만든 회색 터키 전통 가옥은 화재로 무너진 지붕이 하늘을 보고 있다. 안나와 나는 계단 옆 통로를 통해 지하 창고로 내려갔다. 어제만 해도 툴라에서 가장 넓은 영지를 소유했던 사마린 왕자와 그의 두 누이가 식사하고 있었다. 이들과 안나는 사촌

---

15   엘레우테리오스 베니젤로스(Eleuthérios Kyriakos Venizélos, 1864~1936).
      그리스 정치가. 터키로부터 해방 운동에 참여했고 크레타 자치 정부의 총리와
      그리스 총리를 역임했다.

지간이다. 지하 창고에서는 술 냄새와 화약 냄새가 났다. 거기에 캐시미어, 오이, 가죽 냄새가 뒤섞인 맹맹한 러시아 냄새가 더해졌다. 황후 모친을 모신 궁녀였던 조르지나와 아닌카 공주는 성 예카테리나 훈장을 윗옷에 달고 있었다. 두 할머니는 침대 밑에 토끼를 키우고 성화 앞에서 고개를 숙이고 기도했다. 렘노스 섬에 도착한 영국군들이 이를 잡겠다고 머리를 밀어 할머니들은 맨머리였다. 세 오누이는 이빨 빠진 그릇에 식사를 했다. 하지만 나이프와 포크는 은식기였다. 배가 난파했을 때 간신히 구한 것들이다. 병에 꽂혀 있는 촛불이 식탁을 비추는 유일한 불빛이다. 고생을 많이 한 탓인지 할머니들의 얼굴이 창백했다.

"러시아로 돌아가고 싶어." 언니가 구슬프게 말했다.

"돌아갈 수 없어. 거기 갔다가는 목이 잘리고 말 거야." 동생이 웃으면서 가위로 싹둑 자르는 시늉을 하며 언니를 타박했다.

사마린 왕자는 과장된 몸짓으로 의자를 내오며 나를 반갑게 맞아 주었다. 영국 보병대의 긴 망토를 걸치고 단춧구멍에는 큼지막한 레지옹 도뇌르 서훈자를 의미하는 장미꽃 핀이 꽂혀 있다. 크리스마스를 맞아 소집된 산타클로스처럼 보였다.

"차 한잔하시겠습니까? 코냑을 대접하지 못해 정말 안타깝군요."

사마린 왕자는 알렉상드르 3세가 사망하자 궁정을 떠나 돈 많고 신심이 깊은 여자와 결혼을 했다. 하지만 결혼한 지 얼마 안 되어 아내에게 마음이 변했다고 거짓말을 하고 재산을 반으로 나눠서 아내는 수녀원으로 자신은 수도원으로 들어가자고 제안했다. 아내가 받아들였다. 하지만 아내가 들어간 수녀원의 문이 닫히자마자 서원을 하루 이틀 미루더니 수도원에서 나와 소송을 걸어 부인의 재산까지 빼앗아 버렸다. 그 후 파리로 가 20년 동안 난봉꾼으로 살면서 재산을 모두 탕진하고 빈털터리가 된 후 툴라로 돌아와 두 누이에게 얹혀 산 것이다.

"파리는 여전히 끝내주나요? 아직도 파리에서 그런 말을 쓰는지 모르겠습니다만. 유대인들이 파리 분위기를 좌지우지한다고 들었습니다. 유대인들이 우리를 어떻게 했는지 보세요. 귀스타브 드 로칠드 남작[16]이 경마 클럽 회원으로 받아들여졌을 때 나는 곧장 사임했습니다. 세월이 많이 좋아졌습니다. 안 그렇습니까?"

사마린 가문의 문장이 새겨진 알렉산드르 2세 주전자가 노래하듯 쉿쉿 소리를 냈다.

"벨 에포크[17]였지요. 장식 미술 박물관 복권, 몰리에 서커스[18], 피핀의 승리······ 1886년 6월 5일에는 오테유에 있는 드 사강 공주[19] 저택에서 동물 사육제가 열렸지요. 나는 흰 생쥐로 분장했습니다. 드제르미니 선생은 원숭이로 분장했는데

---

16 Gustave de Rothschild(1829~1911). 로스차일드 가문의 파리 브랜치 창시자 제임스의 차남

17 Belle Epoque. '좋은 시절'이라는 뜻으로 양차 대전 사이 프랑스와 벨기에에서 정치, 사회, 경제, 기술 분야가 폭넓게 발전한 시기를 말한다. 이러한 발전을 기반으로 미래에 대해 낙관적이고 걱정 없는 분위기가 지배적이었다. 벨 에포크라는 용어는 1930년대에 붙여진 것이다.

18 Cirque Molier. 세기말 파리와 사교계의 우아함을 단적으로 보여 주는 마술(馬術) 쇼. 1880년 에른스트 몰리에가 창단했다.

19 애나 굴드(Anna Gould, 1875~1961). 미국 철도왕 제이 굴드의 둘째 딸. 첫 번째 남편은 카스텔란 백작이고 두 번째 남편은 탈레랑 공작, 드사강 왕자다.

정말 돈 주고도 못 볼 광경이었습니다. 마사 씨가 파티에 참석한 사람들을 가리키며 나에게 말하더군요. '다 창녀들이야. 비싼 모피를 걸친 창녀들!' 마사 씨의 입이 아주 매섭지요?"

안나가 그만 가자고 일어섰다. 하지만 사마린 왕자가 나를 붙잡고 내 얼굴에 술 냄새를 뿜어냈다.

"이렇게 가시면 안 되지요. 사마린 가문에서는 손님을 이렇게 대접하지 않습니다. 내 고향인 콜로브스카야에 오셔야 할 텐데. 우리는 곧 돌아갈 겁니다. 프란츠 요제프 황제가 하사한 토카이 와인을 맛보여 드리겠습니다. 중국 자고새와 오스트리아 꿩을 풀어 놓고 사냥을 합시다. 사람 젖을 먹여 키운 사슴도 보여 드리리다."

"러시아로 돌아가고 싶어." 고향이 생각났는지 언니 쪽인 할머니는 또 러시아로 돌아가고 싶다고 했다.

이번에도 동생은 손가락으로 가위질을 하며 감정 없는 섬뜩한 목소리로 말했다. "목이 잘린다니까! 목이!"

우리는 페라 구역 쪽으로 올라갔다. 그녀가 내 팔에 팔짱을 끼었다. 50미터마다 가로등이 나타났다. 그때마다 안나의 창백한 얼굴도 함께 나타났다. 방수천으로 만든 모자 아래로 붉은 곱슬머리가 삐져나왔다. 검정 면 원피스를 걸친 삐쩍 마른 몸은 먼지막이 외투로도 가려지지 않았다.

비참한 현실을 견디게 해 주는 것은 무엇일까? 무심한 것? 동정받기 싫은 마음? 그녀가 이렇게 무기력한 것은 왜일까? 너무 고생을 많이 해서? 고생한 사람들을 너무 많이 봐서? 안나를 돕고 싶었다. 출발을 미루고 그녀를 운명과 화해시키고 싶었다. 하지만 그녀는 자신의 운명과 화해하고 싶지 않은 것이 분명했다. 그 비슷한 이야기를 꺼낼 때마다 나는 어떤 비밀스럽고 확고한 계획에 부딪히는 느낌을 받았다.

포도가 가득 들어 있는 채롱을 등에 진 상인들이 지나갔다. 채롱 한가운데에 촛불을 꽂아 불을 밝혔다. 우리가 전철 역 부근에 도착했을 때 사람들이 한 가게 안으로 줄줄이 들어갔다.

"여기가 러시아 통신사 사무실이에요. 브란겔 장군이 싸우고 있는 전선 지도도 있어요."

전등 불빛을 받은 러시아 남부 지도엔 가느다란 실이 엘리자베트그라드에서 시작해 로졸라바이아, 슬라뱐스크, 크리미아 반도 그리고 밀 무역항들과 흑토가 시작하는 곳, 광산 지대를 지나갔다.

"믿음을 지녀야 해요. 브란겔 장군을 포기하면 안 돼요. 저 사람들을 보세요. 모두 그 희망 하나로 살잖아요."

"희망을 포기하지 말라면서 정작 당신은 포기했잖소."

"나는 끝났어요." 그녀의 답은 즉각적이었다.

러시아인들이 두세 명씩 모여 크리미아 반도에 여객선이 들어왔다는 통신문을 읽으면서 담소를 나누었다. 모두 적 러시아라는 바닥이 보이지 않는 심연 가에 앉아 몸을 숙이고 귀를 기울였다. 비명, 총소리, 채찍 소리만 날 뿐 그곳에 갇힌 사람들의 소식은 들리지 않았고 희망은 한 줄기도 새어 나오지 않았다. 이들은 기괴하게 옷을 차려입고 하는 일 없이 자정이 훨씬 넘어서까지 몽유병자들처럼 그곳에 앉아 있다. 기름진 머리가 딱 달라붙어 있고 철테 코안경을 쓴 인텔리겐치아들은 터키 전통 가죽신을 신고 궤변을 늘어놓고 있고, 여자인지 남자인지 젊은이인지 노인인지 알 수 없는 슬라브 사람 특유의 모호함을 풍기는 한 가족은 러시아 마차꾼처럼 큰 소리로 말하며 지나갔다. 그들은 굽이 높은 신발을 신고 무릎을 수

선한 회색 양복을 입었다. 가족들 뒤를 1000리브르짜리 킹찰스스패니얼이 따라갔다. 군인들도 있었다. 헐렁한 윗옷에 밀짚모자를 쓴 창기병, 프록코트의 벨벳 깃에 공병 연대 휘장을 꿰매어 단 공병 그리고 사이클 경기복을 입고 샌들을 신고 목에는 성 게오르기우스 십자가 목걸이를 건 장군은 늙은 모친이 붙잡을 수 있도록 팔을 내밀었다. 병참 부대 연대장들은 검정 실크 스카프를 목에 꽉 조이게 매고 《세바스토폴 가제트》를 팔았다. 동양 분위기가 풍기는 이들의 얼굴에는 표정이 없다. 슬픔도, 권태도, 조급함도 그 어떤 것도 보이지 않았다. 그저 지친 얼굴들이다.

우리는 통신사 근처 골목 초입에 서 있는 입간판 앞에서 멈췄다. "폴락 동양 상점. 고급 의상, 러시아 수입품 완비"라 적혀 있다. 이미 영업이 끝났다. 반쯤 내려진 철문을 통해 상점 안으로 들어갔다. 계산대 뒤에서 양털처럼 머리가 헝클어진 폴락과 두 아들이 석유등 불빛 아래서 충혈된 눈으로 재고 정리를 하고 있었다. 아들 중 하나는 오늘 돈을 내주고 받은 은식기, 그림, 레이스, 카펫, 내복, 어두운 곳에 추레하게 걸려 있는 분홍색 누더기 드레스들을 확인했다. 상점 안쪽에는 사냥에서 돌아오기라도 한 것처럼 많은 모피들을 걸어 두었다. 누렇게 바랜 흰담비, 구겨지고 윤기 없는 흑담비, 썰매 탈 때 입는 남자용 털외투…… 서유럽인들은 이 털외투가 어떻게 생겼는지 또 얼마나 무거운지 상상조차 할 수 없을 것이다.

드디어 안나가 수달피 외투를 받아 들었다. 안감은 그대로였다. 채권 증서도 있었다. 그녀가 눈물을 보였다.

"정말 고마워요. 빚을 진 것 같아 마음은 편치 않네요."

"기운을 내요, 안나. 파리에 가면 내 친구들이 도와줄 거요. 내 아내도 찾아가도록 해요. 러시아 소설에서처럼 당신과 내 아내가 내 얘기를 할 수도 있지 않겠소?"

"나 혼자 파리로 갈 거예요. 나를 위해서요. 마지막 소원이에요. 저기를 보세요." 그녀는 골든혼[20] 너머 보스포루스 해협 너머 드넓은 대양을 가리켰다. 그녀는 그 길로 터키로 왔다. "다시 돌아가지 않을 거예요. 절대 고향에 돌아가지 않을 거예요. 가고 싶지 않아서가 아니라 그곳에 내 과거의 삶은 하나도 남아 있지 않기 때문이에요. 나는 아직 젊지만 그렇다고 아주 젊지도 않아요. 말의 무게가 얼마나 무거운지 잘 알아요. 당신은 내일 동쪽으로 떠나고 또 내 친구이니까 여기 당신 호텔 앞에서 숨기지 않고 말할게요. 오늘이 당신을 마지막으로 보는 거예요. 파리에 도착하면 케볼테르 호텔에 묵을 거예요. 늦가을 오후 5시의 루브르 궁은 정말 근사하거든요. 몇 가지 개인적인 일을 처리한 다음에는 세례를 받은 피에르르그랑 거리의 성당을 한번 돌아볼 거예요. 파리에 도착해서 열흘쯤 되면 빈털터리가 되겠죠? 그러면 목을 매서 이 지긋지긋한 고통을 영원히 끝낼 거예요. 내가 당신을 생각하는 것처럼 당신도 나를 생각해 줄 거죠?"

안나가 뒤로 돌아 내게서 멀어져 갔다. 칠흑보다 새까만 점이 될 때까지 계속해서 멀어져 갔다.

---

20 Golden Horn. 이스탄불에 있는 만(灣). 만에 있는 여러 항구로 들어오는 재화와 수면에 비친 석양의 금빛 때문에 붙은 이름이다.

스코틀랜드의 밤 혹은 수지한 파리 아가씨

I

쉬셰 대로 성벽에서 멀지 않은 곳에 기타 파스칼리의 집이 있다. 전쟁 후에 지은 것으로, 기타가 돈을 모으기 시작한 지 얼마 안 됐기에 성벽 아래서 산다고 했을 때 그곳에서 흔히 볼 수 있는 오두막이리라 생각했다. 내 생각이 틀렸다. 파리 오페라단의 제1무용수 기타 파스칼리가 우리를 초대한 집은 저택이었다. 엘리아스 스트로스가 세상을 뜨기 전에 사 둔 부지에 기타가 건축한 집이었다. 엘리아스 스트로스는 19세기 말 거장들의 소설을 전문으로 출간하는 출판사의 사장이다. 그는 1880년경 놀라운 사업 능력을 발휘해 출판 제국을 건설했지만 그 후 서서히 쇠락의 길을 걸었다. 하지만 출판사의 상징인 하얀색 표지는 여전히 후방에 있는 깃발처럼 지방 독자들을 집결했고 그의 자산은 변함없이 탄탄했다. 나와 중학교를 같이 다녔던 앙리가 엘리아스 스트로스의 아들이다. 그가 출판사를 이어받았다. 앙리는 세련된 사람이지만 무능했다. 회사를 이어받고 그가 한 일은 회사 이름에 '와 아들'을 추가해 '스트로스와 아들'로 바꾼 것이 다였다. 새로운 시도는 거기까지였다. 하지만 고답파 시인들과 자연주의 소설가들이 꼭 거쳐 갔던, 여기저기 책더미가 쌓여 있는 구멍가게 같은 드라공 거리 시대를 접고 제2의 전성기를 기대하며 시의적절하게 1919년에 샹젤리제로 터전을 옮겼다. 자동차 매장과 지퍼 달린 악어가죽 핸드백을 파는 고급 상점의 영향을 받았는지 앙리는 도서 목록을 쇄신해야겠다고 생각하고 젊은 작가들을 영입했다. 나도 그 젊은 작가 중 한 사람이다. 그는 우리가 장송드사유 고등학교를 다닐 때부터 내가 재능이 없다는 것(정당한 평가였다.)을 잘 알았는데도 내 책을 출간해 주었다. 고마운 일이다. 앙리는 '스트로스와 아들'을 물려받은 것에 만족하지 않고 부친의 여자 친구 기타 파스칼리도 물려받았다. 기타는 파리 오페라단의 주축 발레리나로 까무잡잡한 피부에 깡마르고 재기발랄한 여자다. 다리에 힘은 많이 빠졌지만 여전히 오페라단에서 신망이 두터웠다. 앙리는 출판사 돈으로 기타를 후원했다.

　집 앞에 주차되어 있는 차를 보면 집 안에 있는 사람들의 신분을 짐작할 수 있다. 롤스로이스와 히스파노 수이자는 식민지에서 큰돈을 번 사람이거나 돈 많은 평민과 결혼한 귀족이다. 부아쟁 파나르는 재벌, 시트로앵, 베베 푸조, 르노는 이제 막 독립한 젊은 아가씨이거나 미혼 여성 혹은 어느 유부남의 정부일 확률이 높다.

　자정이 넘어 쉬셰 대로에 도착했을 때 이미 스무 대가량의 차가 주차되어 있었다. 내부가 지저분하고 차창이 깨지고 등에 불이 들어오지 않는 관리가 안 된 차들이 대부분이다. 물론 운전수는 없다. 다시 말해 기타의 집에는 위에서 언급한 사람들과는 다른 지식인, 다다이스트, 큐비스트, 실내 장식가, 초보

의상 디자이너들이 있다는 뜻이다. 나는 자그마한 정원을 지나 현관으로 갔다. 문이 열려 있었다. 보라색 잉크로 적힌 "문 열어 두세요."라는 쪽지가 문에 붙어 있었다. 하인은 없었다. 나는 외투와 모자를 카펫 바닥에 던져 놓고 들어갔다. 발을 옮길 때마다 옷이 밟혔다. 2층에도 바닥에 여자들의 코트가 쌓여 있었다. 금실 장식 코트, 흰담비 코트, 검은담비 코트 들에서 좋은 향이 났다. 고양이가 되어 그 위를 뒹굴고 싶어졌다.

집은 잠자는 숲속의 공주가 사는 성처럼 조용했다. 인기척은 없었다. 기타의 침실로 갔다. 몽골산 양털로 덮여 있는 흑단 침대에 남자와 여자가 누워 얘기를 하고 있었다. 모르는 사람들이다. 두 사람은 방금 정사를 끝낸 사람들처럼 담배를 피우고 있었다. 연기로 동그라미를 만들고 그 동그라미 안으로 폐에 남아 있는 숨을 모두 내뱉었다. 두 사람은 나를 전혀 신경 쓰지 않았다. 목욕탕 안에서 예쁘장하지만 별 개성이 없는 금발 여자가 입술에 립스틱을 바르고 있었다. 여자는 어깨끈이 가슴께까지 흘러내리도록 내버려 둔 채 젊음이 녹아내리는 모습을 놀란 눈으로 찬찬히 살폈다. 녹아내리는 것은 거울이 아니고 거울에 비친 그녀다. 나는 목욕탕을 지나 층계참으로 내려갔다. 위쪽에서 전축 소리가 희미하게 들려와 2층으로 다시 올라갔다. 칠흑처럼 어두워서 놀랐지만 인기척이 느껴졌다. 가까이에서 숨 쉬는 소리, 옷이 바스락거리는 소리, 발자국 소리가 났다. 경사진 천장에 나 있는 창으로 시원한 바람과 푸르스름한 직사각형 빛이 들어왔다. 작업실이 분명했다. 부딪히지 않으려고 팔을 앞으로 뻗고 걸었다. 벽이 만져졌다. 하지만 벽은 힘없이 넘어졌다. 이번에는 의자에 부딪쳤다. 의자는 내 허벅지를 치는 것으로 응수했다. 이제는 손에 아무것도 잡히지 않았다. 그렇게 팔을 들고 제자리를 한 바퀴 빙 돌았다. 놀랍게도 작업실에는 나 혼자였다. 하지만 어둠에 익숙해지면서 미끄러지듯 걷고 있는 유령들이 보이기 시작했다. 키득거리며 웃는 소리와 조심조심 걷는 발소리가 나를 감쌌다. 둥근 탁자가 넘어지고 물건끼리 부딪히고 바스락거리는 소리도 들렸다. 몇 걸음 떼다가 유리잔이 있는 쟁반을 밟고 말았다. 그 바람에 나지막한 소파에 걸려 균형을 잃고 비틀거리다가 가늘고 따스한 몸뚱이 위로 넘어졌다. 뜨거운 것이 내 얼굴 쪽으로 다가왔다. 비단처럼 부드럽고 포근하고 따스한 것이었다. 그것이 갑자기 내 귀에다 대고 짖었다.

멍멍!

사람의 얼굴이 만져졌다. 멍멍 소리가 신호였는지 귀가 먹먹할 정도로 크게 여기저기서 동물 울음소리가 났다. 동물들이 가득 탄 암흑의 방주란 말인가! 야옹야옹, 개굴개굴, 음메음메, 찍찍찍…… 잘 들어 보니 동물들이 대화하듯 소리를 주고받고 있었다. 나는 우연히 내 품 안으로 들어온 따뜻한 몸뚱이를 품에 안은 채 새장 아니 동물원에서 아무 말 없이 가만 있었다. 따뜻한 몸뚱이가 한 번 더 짖었다. 멀지 않은 곳에서 답하는 소리가 났다. 개 한 마리가 계단 쪽에서 올라왔다. 그 바람에 내 품에 있던 개가 나를 버리고 뛰어 나갔다. 짝짓기라도 할 것처럼.

그 순간 불이 들어왔다. 뒤죽박죽이 된 작업실이 눈에 들어왔다. 카펫은 말리고 탁자는 넘어지고 그림이 액자에서 빠지고 커튼이 떨어지고 바닥은 젖어 있었다. 그리고 소파 위에는 스무 명쯤 되는 이들이 조난당한 사람들처럼 엉켜 있었다. 나와 친분이 있는 랑드리가 바로 옆에 있는 서랍장 위에 깨진 꽃병과 물을 깔고 앉아 있었다. 그의 품 안에 있는 금발 여자가 웃음을 터뜨렸다.

아래층에 있는 앙리 스트로스가 나를 알아봤다. 그와 함께 있던 기타가 소리를 질렀다. "이리 내려와요! 잃어버린 동물 게임을 하고 있는 중이에요. 어렵지 않아요. 바보들도 할 수 있어요. 팀을 둘로 나누고 동물을 정하는 거예요. 각 팀에 짝꿍 동물이 있는데 어둠 속에서 울음소리를 내서 자신의 짝을 찾는 거죠. 지금 게임을 하고 있는 동물은 고양이 두 마리, 강아지 두 마리, 소 두 마리, 개구리 두 마리, 닭 두 마리예요."

"강아지를 소개해 줘요."

"랑드리 말인가요?"

"랑드리는 아는 사람이에요. 내 공증인이죠. 랑드리의 짝을 소개해 줘요."

"미스 매클램을 소개할게요."

"Glad to meet you, sir.(만나서 반갑습니다.)"

어린애였다. '당신의 개성을 스마트하게 살려 주는 스위트 세브틴' 유의 싸구려 할리우드 잡지 표지 모델을 흉내 낸 여자애였다. 여자애는 파란 눈을 내리깔고 멍청하게 입을 벌리고 있었다. 모두 이브닝드레스를 입고 있는데 여자애만 넓은 멜빵이 앞뒤로 교차된 교복을 입고 있었다. 금발은 짚새기처럼 헝클어져 있다.

"스코틀랜드에서 왔니?"

"네. 퍼스에서요."

"아! 아름다운 퍼스의 아가씨?[21]"

---

21 The Fair Maid of Perth(1828). 월터 스콧의 소설 제목

"맞아요."

"파리에는 뭐 하러 온 거지?"

"프랑스어를 배우러 왔어요…… 불레 부…… 위, 위……
오랄라!"

"이 아이를 가만 놔둬요." 기타가 끼어들었다. "내가 매리
언 매클램 양의 보호자예요. 부모의 부탁을 받았거든요."

기타는 기질적으로 이탈리아인에 가깝다. 파리 오페라의
발레단 대부분은 프랑스와 러시아인 무용수로 이루어져 있지
만 여전히 매우 이탈리아적이다. 수다스럽고 질투가 심하며
한 남자에게 충실하고 짠순이고 미신을 믿으며 잔소리가 심
하고 자기 식구밖에 모르는 이탈리아인다운 특징이 3대째 발
레단을 지배하고 있다. 스탕달 소설 속 여자들과는 정반대다.
나는 오페라단의 무용수류의 여자들을 그리 좋아하지 않는
다. 그런 나를 그녀들은 이상하게 생각했다. 이 여자들은 사회
의 관습이 바뀌었다는 것을 눈치채지 못하고 아직도 매일 아
침 카르티에서 보낸 선물과 꽃가게에서 보낸 붉은 장미꽃
다발을 기다린다. 공무원 같은 이들에게는 흥미를 느낄 수 없
다. 직급에 따라 자야 하는 것이 말이 되는가! '야간 연구생'을
거쳐야 '주간 연구생'을 볼 수 있고 제1카드리유를 거쳐야 제
2카드리유를 볼 수 있고 제2쉬제를 거쳐야 제1쉬제를 볼 수
있다. 제1무용수와 에투알도 마찬가지다. 또 우리 같은 사람
들은 분장실에 들어가서 무용수들을 만날 수 있는 특권을 가
진 3회 저녁 공연을 예약한 노인네들 앞에서 무시당하기 일쑤
고 「파우스트」가 9시 45분에 시작이면 그에 맞춰 저녁 식사는
7시에 하거나 분장을 지운 후 자정이 넘어서 해야 한다. 이때
극장 경비인 바르텔레미에게 아부해야 하는 것도 잊을 수 없

다. 사랑하는 여인이 징계나 해고, 벌금에 처할까 두려워 머리를 숙여야 한다는 생각만으로 사랑의 기쁨은 사라지고 만다. 바람이라면 기다리게 하지 말아 달라는 것이다.

나는 기타를 있는 그대로 좋아한다. 내 책을 출간해 주는 출판사 사장의 애인에게 보여야 할 호의 이상으로 좋아한다. 나는 기타를 쳐다봤다. 롬바르디아의 꽃처럼 빨갛고 노랗고 검었다. '오페라의 장미'나 '꽃의 여왕' 같은 종묘상의 상품 목록에서나 볼 수 있는 아름다운 이름을 가질 자격이 충분히 있는 여자다.

기타를 놀리고 싶어졌다.

"오, 나의 기타! 당신을 숭배하오. 진심이오. 지난밤 꿈속에서 당신을 내 품에 안았소. 당신은 저항했지만 나는 환희를 느꼈소. 당신은 허리에 장신구를 달고 에메랄드가 박혀 있는 벨벳 치마를 입었지. 그때는 내가 매리언의 존재를 몰랐소."

"이리 와요. 숨바꼭질해요." 기타가 내 손을 잡아끌었다.

내가 술래였다. 두 손으로 얼굴을 가리고 100까지 셌다. 마음이 앞서 아이처럼 더듬었다. 사람들은 숨을 곳을 찾아 황급히 집안 곳곳으로 사라졌다.

매리언을 찾기를 기대하며 나는 어둠 속에서 사람들을 찾아 나섰다. 침대 밑으로 가는 다리가 만져졌다. 그녀가 아니다. 에블린이다. 곱슬머리는 무사피르. 소리를 지르는 여자는 엉덩이가 큰 쉬잔 투른솔…… 현관 가까이에서 외투를 뒤집어쓴 사람을 밟았다.

"매리언!"

"?"

"섬세한 피부, 맑은 얼굴, 부드러운 머릿결, 진미이며 별미. 매리언! 넌 줄 알았어. 그 무엇도 우리의 즐거움을 망칠 수 없지."

"하지만 외투를 망치면 안 되죠."

매리언은 웃음을 터뜨리고는 나를 잡아당겼다.

우리는 후추와 장뇌 냄새 그리고 모피 코트의 열기를 느끼며 서로 껴안은 채 말없이 한동안 있었다. 나는 보들레르의 불꽃 고양이처럼 모피 위에서 뒹굴었다.

불은 언제 켜지는 거지?

"게임하는데 뭐 하는 거야! 못된 것들 같으니!" 기타가 소리를 질렀다. 매리언과 내가 영어로 놀리자 더 화를 냈다. "이제 그만! 식사나 하자고!"

식사는 뵈프 레스토랑의 셰프 모이즈가 준비했다. 불이 꺼졌을 때 사람들이 기타의 은식기를 슬쩍하는 바람에 우리는 음식을 손에 들고 뜯어 먹어야 했다. 사람들은 훌륭한 빈티지 샴페인을 싸구려 와인 들이키듯 마시며 류머티즘과 동맥 경화증으로 고생할 노년을 유쾌하게 준비했다. 뒤누아예드세 공작이 그랑모랭 마을 시장의 말투를 흉내 내고 콕토는 캐나다 프랑스인의 말투를 흉내 냈다. 별명이 캐러멜인 크레시지로는 아이처럼 기어 다니며 진보 정당에 충성을 맹세했고 공산주의자 시인들이 그의 등에 올라탔다.

"난교 파티를 하고 싶어요. 어디서 난교 파티를 하죠?" 매리언이 내게 물었다.

"지금 우리가 하고 있는 게 난교 파티야!"

"그래요?" 실망한 눈치다.

파리 국립 오페라단의 발레리나들이 신나게 수다를 떨었다.

"오늘 아침 연습 때 카를로타가……"

"기분이 안 좋았는지 나리 늘기를 계속 시켰다니까!"

"나는 병가를 냈어. 감독관이 아무도 모르게 나타났을 때 나는 나가고 없었지!"

"난 목요일 안 돼.「두 마리 비둘기」를 공연해야 하거든."

"확신하건대 디안은 분명 여자 편일 거야."

"라로마놀리 그 아이는 박자 맞출지를 몰라. 언제나 그로블레²² 가 못 따라가."

"스톡홀름에 갔을 때 같이 공연했다고 하지 않았니? 우리가 방에 들어갔을 때 너는 족제비를 쫓는 토끼 같았어!"

수염을 덥수룩하게 기른 문학 비평가 올리비에 구스팽이 얼굴을 잔뜩 찡그리고 두 사람이 하는 이야기를 들었다. 입가에 많은 일화를 달고 다니는 비평가 선생은 여자에 대해 말할 때 마크마옹 원수 시절처럼 맛난 것이라고 표현했다. 그는 건축가들이 주둥이라고 부르는 입에서 물이 나오는 바로크 건축물의 안면상을 닮았다. 센 강 좌안의 젊은 작가들은 구스팽의 비평을 무시하는 척하지만 요사이 그의 주위로 몰려들고 있다.

아이스박스에 술이 다 떨어지자 침묵이 내려앉았다. 사람들은 군데군데 모여 이야기를 하거나 아무 데서나 누워 잠을 청했다. 계단 밑에서 자는 사람도 있었다.

"매리언, 몇 살이지?"

"Wait(잠깐만요)……"

---

22 Gabriel Grovlez(1879~1944). 프랑스 작곡가이며 지휘자. 1914에서 1933년까지 파리 오페라 단장을 역임했다.

매리언은 손가락을 폈다.

"십 그리고 일곱."

"열일곱 살이군."

"Right you are(맞아요)."

매리언을 나 혼자 차지하기 위해 이 무더운 방에서 데리고 나가려 했지만 매리언이 제정신이 아니었다. 발작적으로 웃음을 터뜨리고 여자들 입에 감자튀김을 쑤셔 넣고 신발을 벗어 던지고 남자들 다리를 걸고 샴페인을 귀 뒤에 묻히고 물건을 집어 던졌다. 급기야는 술 때문이라고밖에 설명할 수 없는 고통스럽고 끔찍한 분노를 폭발시키고는 통곡하며 쓰러졌다. 여자들이 일어나 매리언을 데리고 나갔다. 안쓰러워 그러기도 했지만 매리언의 옷을 벗겨 보고 싶어서 그러는 여자들도 몇 있었다. 이 여자들 속에는 성녀와 창녀가 함께 살고 있다. 매리언은 개들에게 물어뜯기는 짐승처럼 낑낑거렸다.

구스팽 선생이 한마디 했다.

"완벽하게 설명할 수 있어. 캘트의 신비주의와 전후 앵글로색슨의 강박증이 만난 거야!"

내가 치료법을 제안했다. "잠깐! 치료약이 있어요. 영국인이잖습니까. 영국에는 예로부터 소화 불량, 신장병, 간장병밖에 없었어요. 빅토리아 여왕 시대부터 이 세 가지 병을 다스리는 데 에노 제산제, 폰즈 농축액, 비첨 환약을 썼지요."

한 가지가 더 있는데 생각이 나지 않았다. 매리언이 한눈을 뜨고 꺼져 가는 목소리로 말했다.

"Am not English. I am Scotch. A little scotch will do me good(난 영국인이 아니고 스코틀랜드인이에요. 스코치 위스키 한 잔이면 돼요)."

94

나는 그녀를 황홀한 눈으로 쳐다봤다.

"캐서린이에요! 캐서린 글로버! 이 아이는 아름다운 퍼스 아가씨의 직계 후손이라고요!" 나는 흥분해서 구스팽 선생에게 소리를 질렀다.

"순진한 것은 닮지 않았군."

"기타의 집에 월터 스콧의 아가씨라니! 상상할 수 있겠어요?!"

"발자크가 그랬지. 월터 스콧의 소설에는 사랑이라는 영혼의 비밀스러운 병에 대한 묘사가 없다고."

피곤이 폭탄처럼 하늘에서 뚝 떨어졌다. 몇 사람이 고꾸라졌다. 시곗바늘은 3시 반을 가리키고 새벽 식물은 벌써 싹을 틔우기 시작했다. 1시에는 부지런한 방가지똥이 2시에는 쇠채아재비가 눈을 떴다. 지금은 삼색 메꽃과 큐피드 다트의 중간쯤 되는 시간이다. 미국인 선원이 아이스크림을 너무 많이 먹어 몸이 얼음처럼 차다고 불평했다. 누군가 몸을 따뜻하게 하라고 담요를 건넸다. 몇 사람이 별 열의 없이 새로운 게임을 시작했다. 신문으로 장막을 만들어 조그맣게 구멍을 뚫은 다음 손가락이나 귓불, 혀를 집어넣고 누구인지 알아맞히는 게임이다.

레옹 폴 파르그가 들어왔다. 시인을 보고 사람들은 곧 날이 밝겠다는 것을 알았다. 밤이 아름답기를 멈추고 빈 쓰레기통이 간간이 추임새를 넣는 것 말고는 모든 것이 정지되는 침묵의 음악회가 시작되는 순간이 곧 올 것을 알았다.

한 열혈남아가 샤를 마리 비도르[23] 선생의 오르간 연주를

---

23   Charles-Marie Widor(1844~1937). 프랑스 출신의 파이프 오르간 연주자이

들으러 가자고 제안했다.

"비도르 선생이 초저녁부터 잔다는 거 알지? 류머티즘이 있거든."

"선생을 깨우지 말고 그냥 그대로 들어서 오르간 의자에 옮겨 놓는 거야."

"여러분들은 그러시고 나는 그만 가 봐야겠소…… 몇 시간 후면 「오르페우스」 연습이 시작되거든." 그로블레가 퇴장했다.

"비도르의 연주를 들어야 한다니까! 지금은 바흐를 들어야 할 시간이야. 세상에 염증을 느끼는 이들을 위로해 주는 건 바흐지!"

"새벽 4시는 내가 영원을 느끼는 시간이야." 구스팽 선생의 목소리는 비장했다.

3시 45분. 나는 두 팔을 시곗바늘처럼 벌려 기타를 안았다.

"오, 나의 기타! 진지하게 대답해 줘요. 매리언은 누구죠?"

"자게 내버려 둬요. 그리고 이름을 크게 말하지 말아요. 자기를 부르는 것 같으면 강아지처럼 한쪽 눈을 뜨거든요."

"기타, 저 아이가 누구인지 말해 줘요."

"스코틀랜드 퍼스에서 왔어요. 유서 깊은 가문 출신이고 지금은 주이앙조사스에 있는 상류층 아이들이 다니는 엄격한 기숙 학교에 다니지요. 저 아이가 저러는 것은 몸 어딘가에 불덩어리가 활활 타오르기 때문이에요. 그래서 매일 밤 기숙사 담을 넘어 파리로 와서 이 집 저 집 다니는 거고요."

<hr>

며 작곡가. 즉흥 연주와 바흐 연주에 뛰어났다. 그가 작곡한 「오르간을 위한 교향곡」 중 5번 토카타, 9번 고딕, 10번 로망은 독립 레퍼토리로 자주 연주된다.

"기타네 집은 어떻게 오게 되었죠?"

"에블린이 2주 전에 데리고 왔어요."

"기숙사에서는 가만있나요?"

"눈치 못 챈 것 같아요. 매리언이 우등생이거든요. 통통한 볼 좀 봐요. 요람에서 자고 있는 아기 같지 않아요?"

"매리언이 나랑 결혼할까요?"

"그걸 말이라고 하는 거예요! 당신은 서른이잖아요. 매리언에게 당신은 우리에게 구스팽 선생이나 마찬가지예요."

"질투하는 건가요?"

"매리언을 질투하지 않는 사람도 있나요? 폴은 차를 타고 매리언을 졸졸 따라다니고 에블린은 돈 생각도 잊어요. 라로 마뇰리조차 소방관을 봐도 꾈 생각을 안 한다니까요."

저명한 비도르 선생은 자고 있었다. 플란넬 실내복을 입고 화가 샤르댕[24]을 생각나게 하는 안경을 쓴 고상하게 생긴 선생이 문을 열어 주었다. 열 명 정도 되는 사람들을 보고 자다가 깬 비도르 선생이 화를 냈다. 그래서 우리는 성격이 고약스러운 유명 파이프 오르간 연주자와 지루한 협상을 해야 했다. 선생이 일그러진 얼굴로 미지근한 사과주와 핑크색 설탕이 뿌려진 비스킷을 내왔다.

"아! 나의 어린 양들! 정말 쓸쓸한 곳이군……" 파르그 선생이 한숨을 내쉬며 침이 묻어 풀린 담배를 다시 말았다.

선생의 작업실에서 동물 냄새가 진동했다. 아니나 다를까 철창이 달린 나무 상자 안에서 뭔가가 움직였다. 선생이 불을

---

24 Jean-Baptiste Siméon Chardin(1699~1779). 18세기에 활동한 프랑스 화가. 정물화와 풍속화로 유명하다.

켰다. 아름다운 음악회가 시작되었다.

"아악! 욕조에 악어가 있어!" 기타가 비명을 질렀다.

"이것 봐! 사랑스러운 원숭이야."

"끔찍해! 뱀이야!"

비도르 선생은 동물들과 음악 실험을 하고 있다고 했다. 오케스트라와 동물원에 가서 연주를 한 적이 있는데 코뿔소가 커다란 상자로 달려들었다고 했다. 바다표범은 재즈 빼고는 모든 음악을 좋아했는데, 특히 클래식 음악을 좋아해 음악이 들리기 시작하면 몽상에 빠졌다. 늑대, 여우, 자칼은 바그너를 듣고 울부짖었고 코끼리는 구노를 높이 평가했다. 악어는 음악 애호가이고 콜론 오케스트라[25] 콘서트의 단골손님이다. 또 오르간 연주에 어쩌나 열정을 보이던지 비도르 선생은 악어를 집으로 데려와서 바흐를 연주해 주었다. 나팔소리를 좋아하는 거미를 제외하고 곤충들은 군악대 연주에 무관심했다.

"모기는 선생 연주보다 제 연주를 좋아하는 것 같소." 파르그 선생이 침울한 목소리로 비도르 선생에게 말했다.

"시인 선생, 책에 서명해 주시겠소?" 비도르 선생은 소설가와 시인을 좋아했다.

파르그 선생은 신통치 않게 대답했다.

"나는 100프랑짜리 지폐에만 서명한다오."

"마에스트로, 미사곡 B단조 연주해 주십시오."

"……아니면 프라텔리니의 군악곡은 어떻습니까?"

---

25 지휘자이며 바이올린 주자인 에두아르 콜론이 1873년 결성한 오케스트라. 특히 생상스, 마스네, 포레, 당디, 드뷔시, 라벨, 비도르 등의 음악을 적극적으로 소개했다.

매리언은 딱딱하고 길쭉한 16세기 사제 의자에 누워 있었다. 나는 그녀 옆에 앉아서 거만하고 고약스러운 얼굴을 감상했다.

공기가 진동했다. 출항하는 대형 여객선처럼 파이프 오르간 소리가 서서히 커졌다.

녹색 광선 한 줄기가 창문의 커튼을 감쌌다. 하지만 날이 밝는 데 신경 쓰는 사람은 아무도 없다. 파르그 선생만 빼고. 뒤포 거리에 있는 빵집 바게트가 거리의 습기로 눅눅해지기 전 새벽에 사야 그나마 먹을 만했고 또 8시가 되기 전에 레알에 있는 문학잡지 코키유에 서평을 불러 줘야 했다. 매리언이 눈을 떴다. 자신이 내 무릎을 베고 자고 있었다는 사실을 알아챘다. 나는 그녀의 등에 손을 대고 허리까지 쓸어내렸다.

"이 아리따운 무차차[26]는 누구지?" 파르그 선생이 물었다.

"아름다운 퍼스의 아가씨입니다. 월터 스콧의 소설에서 바로 걸어 나왔어요."

"월터 스콧은 구역질 나는 음유시인이야. 소설 분야의 비올레 르 뒤크[27]지. 자기 것은 하나도 없고 초서와 래드클리프에게서 다 가져왔어. 나는 그만 가겠네. 끔찍한 해가 뜨기 전에 어둠 속으로 사라져야 하거든."

"몇 시예요?"

"하나, 둘, 셋, 넷, 다섯."

날이 새는 걸 보고 놀란 유령처럼 매리언이 벌떡 일어났다.

---

26 Muchacha. 소녀라는 뜻의 스페인어
27 Eugène Viollet Le Duc(1814~1879). 프랑스 건축가. 중세 건축의 개축 공사로 유명하다. 개축 과정에서 본래의 건축에 손상을 입혔다는 비판을 받기도 한다.

"기숙사로 돌아가야 해요!"

"조용히 나가자. 내 차로 데려다줄게. 영국식, 아니 스코 틀랜드식으로 퇴장[28]하자."

나는 그리스 신처럼 내 먹잇감을 납치해서 파란 구름 뒤에 숨겨 놓으려고 잽싸게 빼돌렸다.

파리는 물바다였다. 배 갑판을 청소하듯 물을 퍼부으며 청소 중이다. 에투알[29] 호수에 배는 보이지 않았다. 여전히 밤의 냄새가 진동했다. 먼지, 피로, 구겨진 종이의 냄새. 빈속에 소뮈르 와인 한 잔 털어 넣고 새벽에 집을 나선 노동자들이 벨벳 바지 주머니에 손을 푹 꽂고 지하철 안으로 들어갔다.

생클루에서부터 벌써 냄새가 좋아지기 시작했다. 매리언의 작은 몸은 커다란 코트 속에서 허우적거리고 머리는 바람에 사방으로 휘날렸다. 빨리요! 매리언이 나를 재촉했다. 그리고 가속 페달을 밟은 내 발에 자신의 발을 올려놓았다. 4행정 엔진이 천둥소리를 내며 피카르디 언덕을 올랐다가 중립 상태에서 내려왔다. 베르사유에서 아름 광장을 지나 생시르 방향으로 가다가 주이앙조사스 지역으로 들어섰다. 초가지붕에 붓꽃이 피어 있고 농장 마당에는 흑인 술탄처럼 생긴 우당 암탉이 어슬렁거리는 옛 시골 마을들이 이어졌다.

드디어 샤브네레플레지르 마을에 도착했다. 아직 일어난 사람은 없다. 파리에서 겨우 30킬로미터 떨어진 곳인데 아무도 모르는 세상 끝에 온 것처럼 느껴졌다. 리슐리외 재상이 파

---

28 간다는 말 없이 조용히 나가는 것을 의미한다.

29 에투알 광장(place de l'Etoile)을 뜻한다. 파리 개선문을 둘러싼 샤를드골 광장의 옛 이름

괴한 성탑, 공원, 재력가의 노르망디식 저택이 보였다. 저택 벽을 덮은 제라늄 넝쿨이 침울한 새벽의 유일한 빛이었다. 황토색 흙담 사이를 달리다가 오솔길 앞에서 멈췄다. 길이 너무 좁아 차에서 내려 걸어야 했다. 매리언이 앞섰다…… 그녀가 한 걸음 한 걸음 뗄 때마다 내 사랑도 커져 갔다. 눈앞에 샤를 10세풍의 끔찍한 건물이 나타났다. 포탄함 같은 진회색 건물 색깔과 7월 왕정과 루이 필리프 왕을 연상시키는 우아한 외관은 위압적이었다. 우리는 건물 뒤쪽으로 들어가기로 했다.

"School(학교예요)!" 매리언이 속삭였다.

과수가 심긴 담을 따라 건물 뒤로 갔다.

"정원으로 들어가서 펌프를 밟고 올라가면 다락방이 나와요. 거기서 기숙사로 몰래 들어갈 수 있어요. 굿 바이!"

다음에 또 만나자는 말할 틈도 주지 않고 매리언은 담 구멍에 발을 올려놓았다.

"죽으면 안 돼!"

"과수 울타리를 사다리처럼 타고 올라가면 돼요. So long(안녕)!"

담 안쪽에서 쿵 하고 떨어지는 소리가 났다. 회반죽도 같이 떨어졌다. 매리언은 아티초크가 심긴 부드러운 흙 위에 안착했다.

날이 완전히 밝았다. 6시다. 집에 들어가기 싫었다. 우편물을 확인하고 전화를 받다가는 아침 식사를 하기도 전에 매리언을 잊어버리고 말 것이다. 생각만 해도 끔찍하다.

그녀만 생각하고 싶었다. 차를 차고에 넣어 놓고 생라자르 역으로 갔다. 그곳에는 종착역에서 밤을 보내고 싶어 하는 불륜 남녀에게 방을 빌려주는 술집이 몇 군데 있었다. 그들처럼 나도 방을 빌렸다. 물론 나는 혼자였다. 내 사랑과 함께 혼자였다. 방 안으로 들어가서 커튼을 닫았다. 멀리서 들리는 버스 소리가 벽난로의 주물에 와서 부딪혔다. 철제 침대는 어둠 속에서 갑옷처럼 희미하게 빛났다. 노조원들이 구호를 외치며 소란스럽게 지나가는 소리와 파리 조간신문을 싣고 런던으로 가는 비행기 소리가 밖에서 들렸다. 눈을 감았다. 졸음의 교차로에서 매리언을 만났다. 그녀가 나체인 채로 아티초크 밭에서 쿠션에 기대어 나를 기다리고 있었다.

II

백금 레일 위의 에메랄드 그레이트스코츠먼은 매일 저녁 안개를 뚫고 런던을 출발해 스코틀랜드로 향한다. 열차가 많이 흔들렸지만 다음 날 정오쯤 퍼스에 도착할 생각에 나는 기분이 좋았다. 그녀를 못 본 지 벌써 한 달. 이제 용기를 내 그녀 앞에 무릎을 꿇고 그녀의 마음을 얻으리라 결심했다. 그런 내가 월터 스콧의 소설에 등장하는 화려한 의상을 입은 중세 음유시인처럼 느껴졌다. 조끼를 입고 독수리 깃털이 달린 모자를 쓰고 높은 바위에서 뛰어내려 사랑하는 여인 앞에 무릎을 꿇고는 "성 던스턴에게 은총을!"이라고 외치는 코나커[30]가 된 것 같았다. 기타 집에서의 파티, 내 몸에 밀착했던 그녀 몸의 느낌, 원시적이고 퇴폐적이었던 우리의 사랑, 봄날 근교의 차가운 새벽 공기, 기숙 학교 담을 넘던 그녀…… 젊은 시절을

---

30   Conacher. 『아름다운 퍼스의 아가씨』 등장인물. 장갑 장인인 캐서린 글로버 아버지 밑에 있는 도제로, 남자 주인공 헨리의 연적이다.

추억하는 노인처럼 나는 매리언과의 기억을 하나씩 떠올렸다.

매리언은 그렇게 갑자기 사라졌다가 어느 화창한 날 저녁 내 앞에 갑자기 다시 나타났다. 그때 나는 그녀에게 바치는 론도 형식의 시[31]를 쓰고 있었다. 왕정복고 시대의 괘종시계 추처럼 왔다 갔다 하는 프랑스 음유시인들의 취향을 따른 시였다.

가여운 매리언, 당신의 행복에 있어
남자는 얼마나 사소한 존재인가!
당신의 입술은 다른 장미를 찾고 있는가?
가슴에 순수를 간직하기 위해
가여운 매리언!

그것이 마지막이었다. 그날 이후 그녀의 소식은 들을 수 없었다. 가족이 와서 데려갔을까? 그녀를 찾아보려고 수소문을 하긴 했다. 하지만 아무도 그녀를 몰랐다. 모르는 사람이 없는 노인네들조차도 그녀의 이름을 들어 본 적 없다고 했다. 나는 퍼스에 아는 사람이 없고 퍼스가 어디 있는지조차 몰랐다. 매리언이 퍼스 근처 시골 저택에서 산다고 한 번 말한 적이 있다. 담쟁이덩굴로 덮인 고딕식 탑이 있고 젖소가 한가롭게 풀을 뜯는 곳이라고…… 그게 내가 아는 전부였다. 그녀가 보이지 않은 지 한 달이 다 되어 갈 무렵 엽서 한 장이 도착했다. 발신자 주소는 없고 스코틀랜드 소인만 찍혀 있었다. 군인이나 학생들이 가족에게 자신의 안부를 간단히 알리려고 보

---

31   프랑스에서 유래하고 중세와 르네상스 시대에 유행한 정형시 형식

내는 사연이 이미 인쇄되어 있어 필요 없는 단어만 지우면 되는 그런 엽서였다.

나는 잘/ 잘못 지내요.

하이랜드는 환상적이에요./ 별로예요./ 신기해요.

날씨는 좋아요./ 비가 와요./ 번개가 쳐요.

사랑합니다./ 존경합니다./ 안녕히 계세요./ 건강하세요.

보내는 사람: 매리언

그것이 다였다. 매리언은 내 아파트에 접이식 빗, 슬리퍼, 제라늄색 립스틱을 놔두고 갔다. 나는 그녀와 나 사이에 존재하는 거리와 침묵을 저주하며 그녀 없이 지내는 나날을 감옥의 창살처럼 흔들어 떨쳐 버리려고 했다. 생전 처음 가르니에에서 출간한 월터 스콧의 476쪽짜리 두꺼운 소설을 읽었다. 신기하게도 단 1초도 지루한 순간이 없었다. 퍼스에 관한 것이라면 무엇이든 좋았다. 스코틀랜드 여러 가문의 문장과 토템에도 익숙해졌다. 이제는 그 누구도 캐머런 가문의 독특한 문장이 질경이 잎이라고 나에게 우길 수 없을 것이다. 질경이 잎이 아니라 참나무 잎이다. 매캘리스터 가문은 히드나뭇잎 다섯 장, 맥레오 가문은 매자나무다. 하지만 매클렘 가문에는 아무것도 없다. 독수리 깃털도, 여러 색깔의 이삭도, 야생 뽕나무도 아니다. 야생 뽕나무는 맥팔렌 가문의 것이다.

매리언이 그리운 것은 어느 날 예고 없이 내 인생에 들어와 봄 내내 나를 괴롭혀서가 아니라(나는 언제나 계절을 잘 준비한다.) 지극히 개인적인 이유에서다. 나는 3주 동안 버티다가 더 버티지 못하고 런던의 세인트판크라스 역에서 8시 9분 출발하는 특급 열차 그레이트스코츠먼에 몸을 싣고 북쪽을 향해 시속 80킬로미터로 달려갔다.

스코틀랜드 한가운데 있는 퍼스에 도착한 것은 일요일 정오즈음이었다. 피곤한 내 눈에 보인 것은 아스팔트 위에서 졸고 있는 작은 도시였다. 자두 푸딩 색깔의 벽돌집은 2층까지 올라갈 힘이 없었는지 모두 단층이고 하나 보이는 작은 상점은 구멍가게가 아니라고 애써 온몸으로 항변하지만 싸구려 상품의 범람이라는 현대적 서정성에는 도달하지 못했다. 낡은 사륜마차와 성하지 않은 포드 자동차 몇 대가 기차에서 내린 승객을 기다리고 있었다. 사람들은 스코틀랜드에 가면 흰 포말을 일으키며 바위를 돌아 달려 내려오는 강물과 눈부신 천혜의 풍광을 보게 될 것이라고 말한다. 하지만 그런 풍광은 어디에도 없다. 평지에 사는 색슨족과 산에 사는 켈트족의 전설적인 전투가 텅 빈 차고, 지저분한 술집, 진열장이 닫혀 있는 상점을 배경으로 일어났단 말인가? 성당은 지붕이 양철로 되어 있어 볼썽사나웠다. 검정 벨벳 옷을 입고 목에 금 목걸이를 한 부자들이 칙칙한 옷을 걸치고 금테 안경을 쓰고 틀니를 한 송어처럼 생긴, 촌스럽지만 사람 좋아 보이는 노인들에게 먼저 지나가라고 물러섰다. 성당 앞에 도착하자 대미사를 마친 사람들이 밖으로 쏟아져 나왔다. 세상에! 가짜 바이올렛 꽃이 달린 모자를 쓴 노인네들이, 연녹색 원피스를 입은 중년 여자들이, 저 후줄근한 노동자들이 차보다 빠른 말을 타고 다니는 루스벤 경과 물소 가죽 옷을 입은 그의 충성스러운 신하들 헤이, 린지, 오길비의 후손들이란 말인가! 성녀 브리지트에 감화받아 갑옷과 타탄체크, 망토와 도끼를 내던졌단 말인가! 저 자그만 민둥산이 스코틀랜드 사람들이 등을 기대고 사는 주목나무 산 톰안로나크란 말인가! 어제까지만 해도 그 주목나무로 활을 만들지 않았던가!

환상은 이렇게 깨지고 말았다. 어쩌면 매리언은 퍼스에 살지 않을지도 모른다. 그냥 농담이었는지도 모른다.

스코틀랜드 총사령관이나 킨폰스 기사가 쉰 개의 창을 들고 광장에 나타났다고 해도 이렇게 놀랐을까? 성당 묘지에서 매리언을 봤다. 이튼칼리지 교복을 입고 교모를 쓴 남자아이와 함께 걷고 있었다. 두 사람 뒤를 알렉산드라 왕비처럼 검은 베일을 쓴 노인이 따랐다. 노인의 손에는 상아 야자로 제본하고 검은 가죽으로 장정한 성경이 들려 있다. 매리언은 나를 보지 못했다. 나는 핑크색 레인코트를 두르고 있는 그녀의 예쁜 몸을 떠올렸다. 스코틀랜드의 차가운 비도 나를 진정하지 못했다. 매리언은 고개를 숙이고 걸었다. 테니스장 잔디 코트처럼 푸른 묘지의 입구에는 이륜마차가 세 사람을 기다리고 있었다. 상복을 입고 플라스틱 보호구를 가슴에 단 늙은 마부가 마부석에 앉아 있고 그 앞으로 갈기가 긴 셰틀랜드 조랑말이 가만있지 못하고 안달했다. 그녀에게로 가서 아는 척하고 싶었지만 나를 불쾌하게 쳐다보며 심각한 얼굴로 그녀를 따라가는 사람들 때문에 용기가 나지 않았다. 스코틀랜드 전체가 우산으로도 가려지지 않는 낯선 라틴 남자를 주시하다가 사소한 실수라도 할라 치면 가차 없이 덤벼들 것 같았다. 호텔로 돌아와서 전화부와 인명부를 뒤져 매클램을 찾았다. 세상에! 100명이나 됐다. 매클램 사람들이 모두 퍼스에 산다니! 그들을 생각하자니 유명한 위스키 광고 포스터에 나오는 스코틀랜드 사람들이 생각났다. 그림에서 반쯤 나와 나보고 당장 방탕의 나라로 떠나라고 명령하는 사람들 말이다. 스포런[32]으로 배를 가리고 무릎에 붉은 털이 숭숭 난 강철처럼 강한 손과 석영처럼 단단한 심장을 가진 위대한 스코틀랜드의 선조들 말이다.

우연히 퍼스 근교에 있는 주택가로 갈 것 같은 전차를 타게 됐다. 일요일이 흑사병보다 무서웠는지 근교는 텅 비었고 밤처럼 곰팡내 나는 침묵에 싸여 있었다. 하지만 옛날에는 달랐으리라. 여기저기서 권주가가 들리고 나무 술잔에 꿀물이 넘치고 테이 강과 던디 해에서 잡은 생선이 식탁에 올라오고 소 한 마리가 커다란 벽난로에서 통째로 구워지고 식사를 하는 동안 음유시인들이 블랙언사이드 전투[33]를 노래했을 것이다. 강인한 본능을 가진 500년 전 매클랩 가문 사람들은 사냥용 단도와 클레이모어 장검을 들고 멧돼지 고기에 달려들어 탐닉하다가 뇌조가 울 때가 되어서야 사람들에게 들려 침대로 옮겨졌다. 빅토리아 여왕 시대 이전의 그 본능이 어느 날 파리에서 다시 깨어나 매리언의 피부를 잘 익은 빵처럼 부풀어 오르게 하는 것을 나는 봤다. 그 본능이 날 도와준다면 그녀를 다시 내 품에 안을 수도 있을지도 모른다……

"매리언!"

허리께까지 올라오는 나무 울타리 너머로 뮤지컬 1막에

---

32 Sporran. 스코틀랜드 전통 의상인 남성용 하의 킬트를 입을 때 앞쪽에 차는 작은 가죽 주머니

33 Battle of Black Earnside. 1304년 9월. 스코틀랜드의 독립 영웅 윌리엄 월러스가 이끌었던 독립 전쟁 중 마지막 전투로 알려졌다.

자주 등장하는 사과나무와 젖소가 있는 경치가 펼쳐졌다. 여러 시간을 걸어 퍼스에 사는 매클램이라는 성을 가진 사람들의 집을 거의 모두 노크한 끝에 드디어 매리언의 집을 찾아냈다. 녹색 회를 바른 작은 고대 신전 같은 그리스 건축이나 팔라디오 양식을 흉내 낸 저택이었다. 저택 주위로 닭과 병아리 그리고 오벨리스크 모양으로 자른 거무스레한 회양목이 심어져 있다. 사람들 눈에 띄지 않고 집 안으로 들어갈 수 있는지 보려고 정원 쪽을 둘러봤다. 매리언이 손바닥에 각설탕을 올려놓고 셰틀랜드 조랑말에게 주고 있었다. 아침에 성당에서 매리언을 기다리던, 검고 하얀 꼬리털이 두툼하고 엉덩이 근육이 잘 잡히고 갈기가 무성하며 짧은 귀 사이에 매력적인 앞머리가 나 있는 말이었다. 매리언을 향해 손을 흔들었다. 하지만 나를 보지 못했다. 휘파람을 불었다. 매리언이 고개를 들어 나를 봤다. 그녀는 아무렇지 않게 나를 향해 걸어왔다. 머리가 많이 길어 땄다.

"어머! 안녕하세요? 스코틀랜드에는 언제 왔어요?"

"매리언, 너를 보러 온 거야. 놀러 온 게 아니라."

"Stop that nonsense at once(그런 바보 같은 말 하지 말아요). 젠틀맨처럼 행동하세요. 옛날 내 방에서 그런 것처럼 말고요. 파자마 챙겨 입고 다시 오세요."

조랑말이 매리언에게 다가와 손으로 짠 까칠까칠한 파란색 앞치마에 코를 비볐다.

"내가 반갑지 않니? 놀라지 않았어?"

"오늘 아침에 성당에서 봤어요."

"매리언, 나는 아직…… 너를……"

그녀가 감정이 없는 눈으로 나를 쳐다봤다. 하지만 윗입

술에는 분노가 서려 있었고 몸은 머리에 깃털 세 개를 꽂고 영국 왕족에게 인사를 하듯 뒤로 빠졌다.

"매리언, 당장 떠나자! 파리가 그립지 않니……? 쉬셰 대로에 있는 기타의 집에서 열렸던 파티 기억하지? 사람들에게 담배를 얻어 귀 뒤에 꽂곤 했잖아…… 라빌레트 공원에서 컨트리댄스를 추는데 네가 돈을 내겠다고 우겼지……"

"French manners. Stop it(프랑스 사람들은 왜 이렇게 예의가 없죠! 그만해요). 무슨 말을 하는 거예요."

저녁 예배를 알리는 종소리가 울렸다. 공장에서 울리는 경보처럼 시끄러웠다. 흰 수염이 난 노인이 해포석 파이프를 입에 물고 노란 개와 함께 집에서 나왔다. 예전에 매리언이 보여 준 꾸밈없고 자연스러운 힘은 참나무마저 묘석처럼 보이게 하는 이 스코틀랜드 정원에 갇혀 쪼그라들었다. 그녀가 내 방에 들어오면 방 안의 공기는 떨리기 시작하고 부풀었다가 회오리바람을 일으켰다. 이제 그 기운은 파란 유리 베란다가 있는 가짜 그리스 신전을 흉내 낸 집 안에서 영원히 잠들고 말았다.

"매리언, 결혼하자."

나도 모르게 이 말이 입 밖으로 튀어나왔다. 하지만 후회하지 않았다. 나를 떨리게 하는 매리언을 다시 내 품으로 돌아오게 하고 싶었고 해포석 파이프를 입에 문 노인의 사위나 양자가 되어 금발 손자들을 한아름 안고 싶었다. 그리고 어젯밤 기차에서 읽었던 월터 스콧 소설의 마지막 구절이 생각나기도 했다. 잠들기 전에 읽었던 이 구절은 나를 울렸다.

노스인치 전투가 끝나고 넉 달 뒤 헨리와 캐서린이 결혼식을 올렸다. 장갑과 무기 제조 장인들은 퍼스에서 가장 잘생긴 청년과 퍼스에서 가장 아름다운 아가씨의 결혼식에서 그 어느 곳에서보다도 활기차게 칼춤을 추었다.

"매리언, 다시 한 번 묻겠어. 내 사람이 되어 주겠니?"

비 오는 날 지나가는 자동차에 물을 뒤집어 쓴 사람처럼 그녀가 나를 쳐다봤다.

"Marry you? Marry a Frenchman? Obscene!(결혼이요? 프랑스 사람하고요? 끔찍해!)"

1925.

로마의 밤

호텔 정원에서 고양이들이 가르랑거렸다. 개 한 마리가 컹컹 짖으며 고양이들을 향해 돌진했다가 혀를 쭉 내밀고 돌아왔다. 블루베리를 먹었는지 아니면 만년필을 핥았는지 혀가 파랬다. 이자벨의 엄마는 여행 가방이 뒤죽박죽 차에 실리는 동안 호텔 로비에서 기다렸다. 몸집이 자그마한 그녀는 오이즙과 이기적인 천성 덕분인지 전혀 나이 들어 보이지 않았다. 얼굴은 주름을 귀 뒤로 잡아당겨 꿰매어 팽팽했다. 가슴께에서 흔들리고 있는 한 줄 진주 목걸이는 가짜였다. 진짜는 손에 들고 있는 악어가죽 핸드백 속에 있다.

그녀는 나를 보자 큰 소리로 말했다.

"이자벨을 돌봐주세요. 딸아이가 나와 프랑스로 돌아가려 하지 않아요. 간섭받기는 지독히 싫어하는 아이거든요. 한 마리 새라고나 할까. 그 아이 눈에는 모든 게 시시해요. 당신은 지혜롭고 합리적인 분이잖아요. 딸아이를 챙겨 주세요. 이자벨을 보고 싶나요? 여기 없어요. 하인도 없이 혼자 어디론가 가 버렸어요. 모포를 두르고 술병을 들고 나서 도마뱀을 죽이겠다고 지팡이를 챙겨 사라졌어요. 아무것도 원하지 않는 대요. 내가 위선적이어서 견딜 수가 없다더군요. 술은 또 얼마나 많이 마시는지, 그것도 싸구려 독주만. 지금까지 하고 싶은 것만 하고 살던 아이예요. 꿈속에서 살고 있다니까요. 우리가 그렇게 좋아했던 발레, 헤링본 마루, 미카도 게임, 베네치아화가들의 그림은 이제 인기가 없어요. 세상은 30년에 한 번씩허물을 벗잖아요. 제가 '네 나이에 나는 아이를 다섯이나 낳았다'고 했더니 뭐라고 대꾸하는 줄 아세요? '그래서 배가 그렇게 아름다운 거군요!' 옷에도 관심 없고 사교계는 쳐다보지도 않아요. 내가 소심하고 편견으로 가득 차 있다고 아주 좋아해요. 세상 모든 게 장난이고 조롱거리죠. 아는 것도 없고 예술적 취향도 부족하고 써 놓은 글이라고 읽어 보면 당최 무슨 소린지 알 수 없고…… 정신은 또 얼마나 나약한지. 여기저기서이용만 당하고 있어요. 무슨 일이든지 두 팔 벌려 환영하거나완전히 무시해 버리죠. 또 자기가 저주받았다고 말하면서도신경 하나 안 써요. 이러다가 기차 놓치겠어요. 분명한 것은과일에는 벌레가 있다는 거죠. 도대체 왜 그러는 걸까요?"

"희생된 세대이기 때문입니다. 남자들은 군인이 되었고여자들은 광인이 되었죠. 운명은 거기서 멈추지 않고 꽤 많은재앙을 추가로 안겼습니다. 사실 이자벨은 반(反)속물주의의피해자라고 할 수 있습니다. 영혼이 섬세한 사람들은 빠르든늦든 꼭 반속물주의자가 되죠. 반속물주의자가 되면 우정을타산적으로 취급하는 사람들과는 사귀지 못하게 되고요."

이자벨의 엄마는 자신이 말하는 소리가 안 들릴까 봐 자동차 시동을 끄게 했다.

그녀는 이자벨이 열다섯 살 때까지는 어느 아이보다 더

잘 자랐다고 말하며 방 열쇠를 내게 건넸다. 포터에게 열쇠를 주는 것을 잊었다고 했다.(나도 묵직한 삼각형의 구리 열쇠가 내 바지주머니를 뚫고 땅바닥으로 떨어질 때까지 잊고 있었다.)

필적 감정
오비디우스 교수
감정 번호 34, 이자벨

생기 있고 우아한 얼굴을 가진 젊은 여자의 필적. 다혈질. 유복한 환경에서 자란 듯 보이나 귀족 가문 출신은 아닌 것으로 추정된다. 지적 능력은 뛰어나지 않지만 사람들의 마음을 살 정도는 된다. 본인 생각이 있지만 논리성은 떨어진다. 성격이 까다롭다.

자신은 인정하지 않겠지만 여성스럽다. 특정 스타일의 옷차림을 고수하고 노출이 심한 옷은 싫어한다. 매우 독립적이지만 그에 비해 자존감은 낮다.

외향적이고 사람들에게 친절하다. 하지만 거짓말을 하는 경향이 있으니 조심할 필요가 있다. 감정 표현이 서툴지만 발작적으로 애정을 표시하기도 한다. 좋아하는 사람에게 권위와 영향력을 행사하려 한다. 관능적이긴 하나 세련되지 못하다.

이자벨의 필적 감정 결과를 다시 읽었다. 이자벨을 처음 만났을 때 생모르데포세 대학교의 오비디우스 교수에게 필적 감정을 요청했었다. 그녀에 대해 더 잘 알기 위해 감정 결과를 참고했는데 시간이 지나자 감정이 정확하지 않다는 것을 깨달았다. 내가 직접 겪어 본 결과 소위 인간의 정신을 읽는다는 사람이 전문 용어로 재밌게 표현한 몇 가지 사실을 제외하고는 다 틀렸다. 이자벨이 감정서를 읽고 그 누구보다도 크게 웃었다.

그녀는 충동적이고 폐쇄적인 성격이다. 그런 성격을 눈치 채고 그녀에 대해 제대로 알게 된 것은 과거에는 사랑의 감정을 완성하거나 끝낼 때 사용했던 쾌락을 함께 경험하고 나서였다. 로마 오페라 극장에서 우리가 처음 만난 날 그녀는 내게 플라타너스를 닮았다고 했다. 우리는 이자벨 엄마의 집으로 가는 차 안에서 문제를 해결했다. 덕분에 게임의 규칙이 간단해졌다. 열정은 점차 사라지고 대신 감정적, 동물적, 화학적 상호작용이 활발해져 진실에 더 가까워진 것이다.

얼마 후 이자벨은 충동적인 자신의 성격을 자신에게 유리하게 이용할 기회가 생기면 절대 놓치지 않고 활용한다고 고백했다. 어쩌면 자신의 장점을 희생시킬 정도로 겸손한지도 모른다. 또 그렇게 하면 자신의 지성과 감성이 풍부해지리라 믿는 것 같기도 했다. 그런데 그 지성이라는 것은 보잘것없고 감성이 오비디우스 교수가 지적한 감정 표현이 서툴지만 발작적으로 애정을 표시하는 그녀의 마음을 한 번이라도 타락시킨 적 있을지 의심스럽다.

그럼에도 우리는 즉각적으로 서로에 대해 믿음과 친밀성을 갖기 시작했다. 편견 없는 사람들이 쉽게 누릴 수 있는 특권이었다. 우리가 서로 알게 된 방식이 정상적이지 않아서인지 이상하게 우리의 감정이, 자연의 섭리에 개입하면 어떤 위험이 닥치는지 모르는 것은 아니지만, 퇴행적으로 발전했다. 이자벨을 만난 지 얼마 안 되어 그녀에게 감정을 느끼기 시작했는데 그 감정 발전 단계가 역순으로 진행됐다. 그러니까 처음에 무관심과 피로감으로 시작해서 애정, 쾌락, 사랑 순서로 발전했다가 호기심과 유희로 끝을 맺은 셈이다.

우리는 자주 만났다. 그녀는 여러 날째 로마에 머물고 있는데 음울하고 볼 것 없는 로마가 뭐가 좋은지 이해하기 힘들었다.

죽을 때까지 로마에서 살 거냐고 웃으면서 그녀에게 물었다.

"어쩌면요. 어쨌든 꼬리에 시계추가 달려 있고 입에서 사슬을 토해 내는 습관이라는 괴물을 무찌르려고 노력하고 있어요."

이자벨은 포르타피아[34] 근처에 있는 집에서 하숙을 했다. 그녀의 방에서는 옛 성벽이 보였다. 나는 파르네제 궁[35] 3층에 있는 연구실에서 살다시피 했고 내 연구실에서는 안뜰이 보였다. 당시 나는 로마에 있는 프랑스 아카데미에서 연구원으로 일했고 그곳에는 내 소유의 도서 목록 색인표, 도서관 가장 높은 곳에 있는 책도 꺼낼 수 있는 사다리, 지저분한 잉크병이 있었다. 6시 종이 울리자 퇴근하기 위해 교수님 사무실로 갔다. 교수님은 붉은색 소파에 앉아 앙고라 고양이와 트라야누스 원주[36] 주위에서 자고 있는 고양이들과 비슷하게 생긴 고양이들에 둘러싸여 저속한 아프리카 작가들의 책을 읽

---

34 Porta Pia. 옛 로마를 둘러싸는 아우렐리아누스 성벽에 있는 성문 중 하나. 피우스 4세의 의뢰로 미켈란젤로가 설계했다.

35 Palazzo Farnese. 루이 14세부터 1700년까지 교황청 대사의 관저로 사용되다가 1874년부터 이탈리아 주재 프랑스 대사관이 되었다. 1876년부터 3층에 로마 프랑스 학교가 입주했다. 로마 프랑스 학교는 1875년 설립된 고고학 연구소로 박사 과정 연구자들이 3년 동안 지낸다.

36 Colonna Traiana. 로마에 있는 트라야누스 황제의 승전 기념비

고 계셨다. 교수님의 안경이 커다란 얼음덩어리처럼 이마에 얹힌 모습이 눈에 선하다. 교수님의 흰머리는 반항아처럼 말을 안 듣고 농부 에라스무스를 닮은 얼굴은 우윳빛 자니콜로 언덕에 대비되어 검게 보였다. 나는 교수님께 인사를 하고 바람이 휘몰아치는 복도를 지나 안뜰로 내려갔다. 스위스 경비병이 나를 보고 웃었지만 소매의 은색 계급 줄에 가려 잘 보이지 않았다.

이자벨이 테베레 강가에서 나를 기다렸다. 우리는 걸어서 중심가로 올라갔다. 상체가 길고 다리가 짧은 여자들이 많은 이 나라에서 이자벨의 몸매는 사람들을 놀랬다. 머리도 주먹만 해서 자신이 정상이 아닌 것은 작은 머리에 물이 차서라고 말하곤 했다. 애초에 몸뚱이라는 것이 있기나 했을까? 그녀는 어깨에서 바로 시작된 가늘고 긴 다리를 콤파스처럼 포석을 찌르면서 걸었다. 오른쪽 발목은 구리로 만든 무거운 아프리카 투클로르족의 링을 차서 절룩거렸다.

이자벨은 다른 사람들과 있을 때는 입을 꼭 다물지만 둘만 있으면 제 생각을 거침없이 말했다. 그녀는 사람들과 사귀는 것을 좋아하지 않았다. 특히 호텔이나 하숙집에서 사람들과 어울리기 싫어했다.

하지만 그것은 틀린 생각이고 금욕주의를 조심해야 한다는 내 말에 그녀의 답은 이랬다.

"진정한 금욕주의자는 우리 엄마 같은 사교계 여왕들이에요. 사교계가 그들 인생의 전부잖아요. 선일까요, 악일까요?"

이자벨은 자신의 엄마를 지독히 싫어했다. 엄마가 없는 자리에서는 엄마를 숭배하듯 말하지만 같이 있을 때는 기회만 있으면 조롱했다. 식사할 때 보면 엄마를 물어뜯을 순간만

노리는 짐승 같았다.

이자벨은 눈을 찡그리며 웃고는 손톱을 물어뜯지 않으려고 아이보리색 담배를 입에 물고 씹었다. 그녀는 상대방에게 자신의 완벽한 생각을 어떻게 생각하냐고 묻듯 말이 끝날 때마다 손바닥을 펼쳐 내밀었다. 손바닥에는 핑크색이 칠해져 있다. 그녀가 머리가 좋은 것은 아니다. 그래도 다른 여자들처럼 글솜씨는 있는 것 같았다. 하지만 언젠가 그녀가 보여 준 일기는 큰 가치가 없었지만 그녀는 피가 묻은 침을 뱉고 포커를 할 때는 속임수를 쓰고 툭하면 거짓말을 했다. 거짓말하는 성향은 그녀의 용감한 성격과 대조적이 되었다. 실제로 그녀는 교통사고를 당했을 때 치료받는 것도 마다하고 다른 사람들을 돌보는 것을 내가 직접 목격한 적도 있고 전쟁 중에는 36개월 동안 누아용 근처에서 의료 차량을 운전하기도 했다.

이자벨은 방에서 술을 주문했다. 술이 은밀하고 민감한 부분을 건드리기라도 했는지 반쯤 마시다가 울음을 터뜨렸다. 마저 마시고 나서는 카펫 바닥에 책상다리로 앉아 있다가 무릎을 세워 두 팔로 안았다. 뼈밖에 없는 무릎에서 관절염에 걸린 사람처럼 우드득 소리가 났다. 그리고 게으른 고양이처럼 담배를 피웠다. 그렇게 그녀는 몇 시간 동안 꼼짝하지 않고 태아 자세로 앉아 있었다. 매우 냉소적으로……

이자벨은 겨울 내내 혼자 지내다가 봄이 되자 사람들을 만나기 시작했다.

"이고르를 어떻게 생각해요?"

나는 그가 너무 잘생기고 눈이 매서워 마음에 안 든다고 했다. 포스터에 실린 그의 모습이 너무 우스꽝스럽다고 놀렸다. 그는 유명한 영화배우다. 아무도 없는 백사장에서 연미복을 입고 서 있기도 하고 현관에서 초라하게 앉아 있는 가난한 학생이 되기도 했다. 다락방에서 근사한 옆얼굴을 보이며 창밖을 내다보기도 하고 광채 나는 구릿빛 피부를 자랑하기도 하고 술집에서 카드 게임 하는 짐마차꾼들의 거친 손 사이에 창백한 크림색 손을 내밀기도 했다.

"그는 단풍나무를 닮았어요." 이자벨이 말했다.

이고르는 그리스와 아일랜드 혼혈이다. 아버지는 그리스 군대의 장군이고 어머니는 아일랜드 군대의 장군이다. 이자벨의 집에서 처음 봤는데 그녀는 한숨을 내쉬고는 우리 두 사람을 열심히 관찰했다.

"인생은 콘트라스트의 연속이야!"

이 시기 이자벨은 약술을 많이 마시고 주위에 항상 크리스털 돌을 놔두고 아침에 생강을 먹곤 했다. 피렌체식 벽장 침대를 사고 매일 모르는 사람으로부터 목련 한 송이를 받고 하인들에게 이상한 일을 시키고 스웨이드 가죽을 만지면 틀림없이 기절했다. 그 같은 기벽은 그녀를 일상에서 멀어지게 했다.

내가 찾아가면 표범 가죽 위에 누워 나를 맞았다. 그리고 이해할 수 없는 말만 했다.

왜 외출하지 않고 집에만 있냐고 내가 나무랐다.

"매일 밤 나가는걸요."

"어디로?"

"잠의 나라로!"

하루는 나를 자신의 방까지 데리고 갔다. 침대 머리맡에 영수증과 편지, 육상 선수의 사진이 붙어 있었다. "토요일 이고르를 사랑하는 것을 잊지 말 것."이라고 써진 메모도 보였다. 질문을 하면 안 될 것 같아서 가만있었다. 그녀가 나를 쳐다봤다.

"당신의 눈이 어두워졌어요. 이고르의 눈은 크리스털처럼 빛나는데. 나는 쓰러진 영웅이 싫어요."

"나는 자기 모자를 직접 만들어 쓰는 여자들이 좋아. 환멸을 느껴 본 여자들도."

"그건 당신 자유니까. 자궁염 조심하고요."

그녀는 전축판 위에 잔을 올려놓고 잔이 돌아가는 것을 쳐다보며 노래를 들었다.

나폴리여! 그대의 아름다운 하늘 아래서 죽고 싶어라!

음악에 맞춰 술잔이 빙글빙글 돌았다.

"그런데……"

"잠깐만!" 이자벨이 내 말을 가로막았다. "'나를 버리지 마. 내가 행운을 가져다주거든.' 이렇게 말하려고 했죠?"

이고르에게는 완다라는 친구가 있었다. 이자벨이 그녀를 내게 소개해 주었다. 귀신이 존재한다고 믿는 폴란드 여자였다. 어느 날 밤 우리는 오스티아[37] 해변으로 놀러갔다. 기차에서 나는 간이 접이식 의자에 앉았고 이자벨은 오른쪽에, 완다 왼쪽에 이고르 사이에 자리했다. 그녀는 비슷하게 생긴 두 사람의 손을 잡았다. 그녀의 거리낌 없는 태도에 마음이 상해서

---

37 Oatia. 로마에서 남서쪽으로 35킬로미터 떨어진 고대 로마의 항구 도시

입에서 욕이 나올 것만 같아, 일부러 농담을 했다.

"로마에서 2, 3등 하느니 고향에서 1등 하는 것이 낫지!"

나는 무례하고 거만한 태도 뒤에 숨어서 헛된 희망을 감추려 했다. 그녀 곁에서 멀리 떨어져 있는 것처럼 완벽하게 사랑하고 싶었다. 보통 아침이 되면 환멸을 느끼게 되는 그녀의 자질들, 즉 경솔하고 침울한 성격, 속이 비치는 옷, 아무렇게나 준비한 맛없는 음식을 저녁에는 즐기고 있는 나 자신이 놀라웠다.

이자벨은 완다에게 많은 것을 배웠다. 붉은 머리에서는 어떤 냄새가 나는지, 오후의 쓸쓸함은 어디에서 오는지, 좋은 실크 블라우스는 어디에서 구하는지, 근동의 별자리 카드 게임은 어떻게 하는지, 벌을 죽인 후에 어떻게 꿀을 빨아 먹는지 같은 것 말이다. 이자벨은 레몬, 자몽, 대추, 삼색 사탕에 사로잡혔고 여행 가방에 마름모와 나선 모양을 그려 넣었다. 격언을 공부하고 각료들에게 익명의 편지를 보내고 모자이크 브로치를 사고 미사복을 입고 다니고 한밤중에 소동을 벌여 이웃을 괴롭히고 청빈하라고 설교하고 다녔다. 그러다 대동맥에서 문제를 발견했다.

그때 나는 그렇게 불행하지 않았다. 이자벨이 공원에서 만나자고 했다. 공원 벤치에서 자신은 가스로 자살할 것이고 병원으로 옮겨지길 원하지 않는다고 했다.

한낮에 밖에 나온 박쥐처럼 그녀의 생각은 오락가락했다.

"나는 지금 갈림길에 서 있어요……"

창백한 얼굴로 같은 말만 반복했다.

나는 이자벨을 위로하려고 라비냥 거리의 라퐁텐이라 불리는 사람 좋은 막스 자코브의 산문시 한 구절을 읊어 주었다.

어린 헤라클레스는 길을 가다 갈림길을 만났네
한 길은 악으로 가는 길이고, 다른 한 길은 선으로 가는 길
한 길을 선택해 간다고 해도 분명
갈림길을 또 만나 혼란스러울 것이네.

하루는 아침에 산이시드로 광장에서 완다를 만났다. 방카 코메르찰레 지점 건설 현장에서 주피터 신전 유적이 발굴된 참이었다. 신문 기자들이 발굴 현장 사진을 찍었다. 산책하기 좋은 기회였다. 그런데 비가 왔다. 완다는 물 한 방울 새어 들어갈 것 같지 않은 강력한 보라색 비옷으로 무장했다.

나는 그녀가 강압적이고 줄다리기에 능하고 도덕관념이 가볍고 건전하지 못하다고 나무랐다. 한마디로 이자벨에게 덫을 놓았다고 비난했다.

"내가 어떻게 이자벨을 만나게 됐는지 알기나 해요? 빨강 머리는 나지만 질투심이 많은 사람은 이자벨이에요. 이자벨이 이고르 집 앞에서 이고르를 새벽까지 기다렸어요. 그런데 집에서 내가 나온 거예요. 우리는 모르는 사이였는데 이자벨이 나에게 말을 걸었어요. 할 말이 있다길래 우리 집으로 데려 갔어요. 그 후로 계속 우리 집에 있게 된 거에요…… 일주일 넘게 이고르에게 알리지 않고 말이에요."

갈대로 만든 울타리 안으로 신전의 기반이 보였다. 출토한 지 얼마 안 된 차갑고 위압적인 인류의 첫 관리자 주피터의 이면상도 나와 있었다.

"내 이야기가 마음에 안 들어요?"

"무질서하고 비생산적인 당신 같은 현대 여성들을 보기 고통스러워. 당신들은 모두 섹스 기술자들이야."

"고통스럽다고요? 이자벨은 방황하는 것이 아니라 자존심을 버리려고 고통스럽게 노력하는 거예요."

"너그러운 궤변가로군." 나는 이 말을 끝으로 자리를 떴다.

완다가 나를 불러 세웠다.

"내가 정말 참나무를 닮았나요?"

이자벨은 잭이라는 흑인 혼혈 남자를 생각해 냈다. 잭은 니켈로 도금한 허리띠로 바지를 묶었고 에나멜 구두코와 굽으로 해독하고 싶어지는 신비로운 글자들을 마룻바닥에 새겼다. 그리고 손톱은 장미수처럼 분홍빛이었다. 또 힘 하나 들이지 않고 몸을 앞과 뒤로 구부려 곱슬머리를 바닥에 닿게 할 줄도 알았다. 여자 핸드백을 좋아하는 페티시도 있다. 팔라티노 언덕과 엑셀시오르 바에서 두 사람이 함께 있는 것을 본 사람들이 있다.

이자벨이 잭을 찬양하려 하자 내가 선수를 쳤다.

"설마 그 아이에게서 야생 장미꽃 향기가 난다고 말하려는 건 아니겠지?"

이자벨은 종이에 잭의 이름을 적고 구겨서 삼켰다. 그러면서 하루를 보냈다.

얼마 안 가서는 상한 술을 마시고 씹는담배를 씹고 나막신을 신고 지그춤을 추고 시끄럽게 나팔을 불고 은식기로 식사를 하고 붉은색 새틴 속옷을 입고 샘플 천을 붙여서 코트를 만들어 입기 시작했다.

"잭은 나를 사랑해요. 자기에게 편지를 쓰고 사진을 보내 달래요. 도자기처럼 피부에 주근깨가 있어요. 그리고 발에 끈끈이가 붙었는지 고양이처럼 나무를 잘 타요. 내려올 때는 머리 먼저 내려온다니까요. 그리고 몸은 거대해요…… 코끼리처럼. 뷔퐁 백작이 코끼리를 보고 괴물이라고 하지 않았나요? 잭은 사람들의 서명도 흉내 내고 자물쇠도 열 줄 알아요. 나를 보면 항상 이렇게 말하죠. '당신의 일부를 가져가지 않고는 작별 인사를 할 수 없지.' 나도 잭을 사랑해요. 그는 내 귀에 대고 달콤하고 은밀한 말들을 속삭여 줘요. 얼굴을 붉히게 하는 말들 말예요. 하지만 어찌나 근사하게 말하는지! 우리는 보자마자 서로에게 자석처럼 끌렸죠. 큼지막한 그의 검은 손이 내 이마를 만지면 두통이 사라져요. 부끄러워해야 할 일인가요? 엄마는 내가 한심하대요! 사람들이 날씨에 영향을 받는 것처럼 나는 사랑하는 사람에게 영향을 받아요."

이자벨은 잭을 언제 만났을까? 잭을 본 사람이 없다. 우리는 익명의 우편물을 받았는데 그 속에 괴물처럼 생긴 이자벨의 사진이 담겨 있었다. 잘 보면 다른 사람의 몸에 이자벨의 얼굴만 잘라 붙인 사진들이다. 트라스테베레 성당 근처 고물상에서 내가 그녀에게 선물한 팔찌를 발견하기도 했다.

"어제 아침에 방에서 옷을 갈아입고 있는데 벨이 울렸어요. 혼자 있어서 문을 열지 않고 누구냐고 물었죠." 완다가 말했다.

"문 뒤에서 누군가 중얼거렸어요. '……들어가게 해 줘. 친구야……'"

"나는 가만있었어요."

"그랬더니 다시 내려가더군요. 그게 다예요."

이것이 이자벨이 사라질 즈음의 상황이다. 그녀의 엄마가 로마를 떠난 그날 이자벨도 사라졌다. 나는 그녀가 나에게 소식을 전할 것이라 믿으며 기다렸다. 하지만 소식이 없었다. 그녀의 부재가 홀가분한 동시에 고통스러웠다. 미스터리를 좋아해도 아는 사람이 미스터리의 당사자가 되면 흥미는 사라진다. 슬슬 걱정이 되기 시작했다. 그녀 없는 하루를 보내고 돌아온 집은 얼음장처럼 차갑게 나를 맞았다. 하루하루 초조함 속에서 살았고 일상이 흐트러져 괴로웠다. 거리에 사람들이 모여 있으면 달려가서 확인하고 신문 헤드라인에 가슴을 쓸어내려야 했다. 내가 학자라서 그런지 지금처럼 자료도 없이 사전 조사도 없이 매 순간 광기 속에 살아야 하는 것이 도통 익숙해지지 않았다.

어느 날 저녁 이고르와 완다를 어느 카페의 테라스에서 마주쳤다. 두 사람은 제수 성당의 석재 장식 앞에서 노란 음료를 마시고 있었다.

이자벨에게 연락을 받은 사람은 없었다.

완다가 이자벨이 성벽 밖에서 살고 있다고 마사지사에게서 들은 것이 다였다.

"포르타델포폴라 지나서 있는데 이름이 맥줏집 같은 빌라촌이에요. 그곳 12호실에 산대요. 집주인이 독일인인데 두 언덕 사이에 있어서 어둡고 습한 정원 같은……"

완다가 말을 끝내기도 전에 이고르가 끼어들었다.

"검정 니트 모자를 쓰고 박쥐처럼 검고 풍성한 수염이 난 사람이 집주인이죠? 독일 동화책에 나오는 사람 같은. 빌라 한 가운데 있는 독채에 살고, 그렇죠? 그곳에서 영화 촬영을 한 적이 있어서 잘 알아요."

"이자벨 집으로 저녁 식사 하러 갈까요? 놀래 줄 겸." 내가 깜짝 파티를 제안했다.

샴페인과 과일, 얼음 1킬로가 담긴 바구니를 차에 실었다.

차가 산중턱에서 멈췄다.

우리는 가시고 온 벽돌 것을 내렸다. 현관 철문이 열려 있었다. 이고르와 완다가 어둠 속에서 가축들의 울음소리를 흉내 내며 장난을 쳤다. 손등을 쪽쪽거리며 키스하는 소리도 냈다.

개 짖는 소리가 밤공기를 가르며 울려 퍼졌다. 우리는 무화과나무 터널을 지나 구불구불한 오솔길을 걸어 장막처럼 서 있는 대나무 앞에서 멈췄다. 대나무 잎이 스치는 소리와 바로 옆에 있는 보르게세 공원 안에 있는 동물원에서 들리는 사자의 으르렁거리는 소리 때문에 마치 정글에 있는 착각이 일었다.

12라는 숫자가 적힌 하얀 집이 보였다.

완다가 문을 두드렸다. 처음에는 작게 두드리다가 점점 더 강도를 높였다. 이자벨의 이름도 불렀다. 들쥐 한 마리가 깜짝 놀라 도망쳤다. 우리는 아무것도 보이지 않은 어둠 속에서 술병을 든 채 말없이 서 있었다. 얼음 때문에 손가락이 타 들어 가는 것 같았다.

뒤뜰로 돌아서 들어가자고 이고르가 제안했다. 우리는 소나무를 타고 올라가 담을 넘었다. 솔방울이 후드득 떨어졌다. 안에서는 소리도 빛도 아무것도 새어 나오지 않았다. 내가 성냥에 불을 붙였다. 현관이 조금 밝아졌다. 문이 열려 있었다. 우리는 안으로 들어가 스위치를 올렸다. 중앙에 있는 줄 달린 램프가 켜지면서 거실이 하얗게 환해졌다. 눈이 부셨다. 사향 냄새가 났다. 이고르가 샴페인 병을 내려놓고 침실로 갔다. 이자벨이 실오라기 하나 걸치지 않은 채 쓰러져 있었다. 아무 미동 없이…… 목에 거무스레한 자국이 보였다.

6일 자전거 경주의 밤

사흘 연속 그녀를 봤다. 춤출 때를 제외하고 그녀는 늘 혼자였다. 기회만 되면 춤을 추었는데 언제나 춤 선생이나 여자 친구들과만 췄다. 남자들이 같이 추자고 했지만 거절했다. 나도 마찬가지였다. 내가 일부러 자기를 보러 왔다는 것을 알면서도 나와 춤추기를 거절했다. 내가 그녀를 좋아하는 것은 우윳빛 등이나 검은 비처럼 찰랑거리는 흑옥색 원피스, 오닉스 보석 같은 검은 눈, 검은 눈썹, 검은 머리칼 때문이 아니라 그녀의 납작한 코, 봉곳한 가슴, 살충제를 뿌린 포도밭처럼 푸르스름한 유대인 특유의 얼굴빛 때문이다. 사람들을 피해 언제나 혼자 있고 또 밤새 화장실이나 전화 부스에 들락거리는 기이한 행동 역시 흥미를 일으켰다.

그녀는 웨이터가 대접하는 술을 마시지 않고 자기 돈을 내고 마셨다. 독주를 먼저 마시고 점점 약한 술로 옮겨 갔는데 세 번째 날에는 자정부터 새벽 2시까지 샴페인 두 잔, 아니제트[38]

---

38 Anisette. 아니스 열매의 향이 들어간 리큐어로, 도수는 20~25도이며 달다.

여섯 잔, 브랜디 한 조끼를 마셨다. 사이사이에 이쑤시개로 이를 쑤시고 아몬드를 집어 먹었다.

그녀가 전화를 하러 올라갔다. 나도 따라나섰다.

"레아예요. 우유는 충분히 있어요? 아무 일 없죠……? 옆구리 아픈 데는요? 밥은 먹었나요? 아……! 젖병에요?"

그녀와 나는 화장실 세면대에 서서 서로에 대해 잘 알게 되었다. 세면대는 꽃잎, 대롱, 부러진 인형, 코카인, 밀회의 흔적, 라셀 파우더[39]로 지저분했다. 그녀는 불빛 아래서 거울에 비친 자신의 얼굴을 꼼꼼히 살폈다. 입술이 거의 거울에 닿았다. 거울에 서린 입김에 내가 하트를 그려 넣었다. 그녀가 어깨 한쪽을 으쓱했다.

그녀는 중국 관리들이 탑 앞에서 담소를 나누고 있는 그림이 은색으로 그려진 블라우스를 입고 있었다.

"빈방 있습니까?" 탑의 문 앞에 손가락을 얹어 놓고 내가 물었다. 가슴에 무늬가 반복되는 곳마다 손가락을 올려놨다.

그녀가 거울에서 얼굴을 떼고 몸을 꼿꼿이 세웠다.

"이런 소리 자주 듣죠?" 화장실 청소부가 겉옷에 손을 닦으며 돌아서서 나를 거들었다.

"네. 당신은 신사분 같군요. 그런데 나는 술에 취하면 항상 실수를 해요."

발코니 난간에 기대어 아래를 내려다봤다. 발아래로 바이올린 주자가 높이 든 바이올린 활이 보이고 해수욕 가듯 옷을 입은 흑인들이 말라리아에 걸린 사람들처럼 턱과 몸을 덜덜 떨고 있다. 지하철 입구 철제 꽃 장식은 센 강의 풍경을 환하게 밝히고 흉측한 공장은 보이지 않는다. 강물에 나체로 몸을 씻는 사람들의 모습이 시적이다. 무용수들이 서로 몸을 찰싹 붙이고 경쾌하게 발을 움직이며 왈츠를 춘다. 실내는 국물 냄새, 썩은 달걀 냄새, 겨드랑이 냄새, 향수 냄새가 뒤섞여 고약했다.

"집이 어딥니까? 당신을 사랑합니다."

"날 놀리는 거예요? 아니면 정말 날 좋아하는 거예요?"

"둘 답니다. 언제나 둘 다죠."

그녀가 피할 수 없는 질문을 했다.

"당신을 어디서 본 것 같아요."

"당신은 내 여동생입니다. 없어서는 안 될 꼭 필요한 존재." 이렇게 말하고 나는 그녀의 옷자락에 입을 맞췄다.

그녀가 나를 무례하고 싱겁고 생각이 없는 사람이라고 여길 게 분명했다.

"뭐가 그렇게 급하죠?"

"나는 일을 할 때 항상 서두른답니다. 그래서 엉망으로 하죠. 포기하고 싶은 마음이 들까 봐 무서워서 그러는 거죠."

"2시네요. 그만 가 봐야겠어요."

"잠깐! 가기 전에 왜 맨날 사라지는지 먼저 말해야죠. 혹시 이상한 걸 파는 건 아니죠?"

접시 위에 놓인 달걀처럼 그녀의 눈이 동그래졌다.

"뭐라고요? 감옥에서 5년 동안 썩고 싶은 생각 없어요."

"그럼 뭐죠?"

"친구 소식을 들으려고 그러는 거예요. 친구가 일을 하고 있거든요."

"무슨 일이요?"

"식스데이 맨…… 사이클 선수예요…… 지금 파리 6일 경주[40]에 참가하고 있어요. 프티마티유라고 들어 본 적 없어요? 도대체 어디 있다 온 거예요?"

그녀는 한 번의 몸짓으로 흰 토끼 아흔여덟 마리를 몸에 둘렀다.

"차를 돌려보냈어요. 택시 잡아 주시겠어요? 그르넬[41]로 가야 해요."

굽이쳐 흐르는 센 강을 따라 택시가 달렸다. 덩달아 미터기도 정신없이 돌았다. 쿠르들라렌 산책로에는 핑크빛 진주알 같은 가로등이 쭉 늘어서 있고 냄새나는 하수구는 쿨룩쿨룩 물을 뱉어 냈다. 샹드마르스 광장이 나오면 이 모든 모호성에 끝을 보기로 결심했다.

"사륜마차를 아주 좋아합니다." 내가 먼저 입을 열었다. "사륜마차 하나 구해서 거기서 살면서 램프, 용수철, 타이어에 대해 공부했으면 좋겠어요. 생각해 봐요. 우리 두 사람이 블라인드를 반만 내리고 미지근한 '송아지 가죽 위에 누워' 안개 속의 파리를 달려 세상을 무찌르러 갑시다."

그르넬에 도착했다. 강물은 다리 아래서 휘돌아 흘렀다. 빨간불이 비치는 난간에는 연인들이, 파란불이 비치는 난간에는 사업가들이 있다.

---

40   6일간 하루 24시간 달리는 자전거 경기. 2인 1조로 두 사람이 교대해서 달린다. 1875년 영국 버밍엄에서 처음 시작되었는데 대공황 중 미국에서 큰 인기를 끌었다. 저렴한 표로 하루 종일 혹은 밤새 즐길 수 있기 때문이었다.

41   Grenelle. 파리 15구에 있는 지역명. 파리 남서쪽, 센 강 바로 밑이다. 그르넬 지역에 벨디브 경륜장이 위치해 있다.

14f25.

나는 걱정이 돼서 물었다.

"여기 사나요?"

"무슨 바보 같은 소리에요! 언제 내가 집에 간댔어요? 2시에 시작하는 보너스 경기를 보러 벨디브 경륜장[42]으로 가려는 거예요."

*

지하 통로를 지나면 특별석이 나온다. 바닥에 깔려 있는 클리시 광장 카펫이 바람에 들썩거렸다. 지하 통로를 중간쯤 지나는데 갑자기 머리 위에서 천둥소리가 나고 나뭇바닥이 삐걱거렸다. 지하 통로가 끝나고 마침내 나무가 깔린 트랙과 유리로 된 천장이 나왔다. 천장 조명은 뿌연 공기를 원뿔 모양으로 가르고 에나멜 갓을 쓴 전지 램프가 트랙을 비췄다. 레아가 까치발로 당당하게 서서 트랙을 살폈다.

"저기 보세요. 검은색과 노란색 유니폼…… 말벌 같죠? 에이스 팀이에요. 지금 달리는 선수는 반 덴 호벤이고요. 프티마티유가 2시 경기를 해야 하니까 깨우러 가요."

호루라기 소리가 날카롭게 공기를 갈랐다. 4000명 함성

---

42 정식명은 파리 겨울 경륜장(Vélodrome d'hiver de Paris)이고 친근하게 벨디브(Vél' d'Hiv)라 부른다. 1903년 12월 20일 개장되어 1959년 폐쇄되었다. 1913년부터 '파리 6일 경주'가 개최되어 파리 시민들에게 큰 인기를 얻었다. 벨디브 경륜장은 유대인 대규모 검거로도 유명하다. 친나치 비시 정부는 유대인 일제 검거를 실시하여 1942년 7월 16일과 17일 이틀 동안 파리와 그 주변 지역에서 1만 3000명 이상의 유대인을 검거하여 벨디브 경륜장에 임시 수용하다 아우슈비츠 수용소로 이송했다.

이 동시에 폭발했다. 4000명의 파리 사람들이 목이 찢어지도록 소리를 질렀다.

호주 선수가 속도를 내며 떨구기를 시도했다. 스프린트가 시작됐다. 광고판 위에 있는 관중들의 눈은 충혈되어 빨갛고 얼굴은 초췌하다. 오케스트라가 연주를 시작하고 라트리시가 노래를 했다. 관중들이 "용감한 코코!"[43]를 연호하며 선수들을 응원했다. 열여섯 명 선수가 무리 지어 20초마다 한 번씩 우리 앞을 지나갔다. 선수들은 너무 밀집되어 있어 부딪히지 않으려고 조심했다.

특별석은 경륜장 깊숙한 곳에 있었다. 트랙 양 끝에 있는 커브는 벽처럼 서 있어 선수들은 "균질한 최고의 가솔린"이라는 문구가 적혀 있는 광고판까지 올라갔다. 전광판 숫자가 움직였다. 올라가는 것도 있고 내려가는 것도 있다.

4일차. 85시간. 2365킬로미터.

"저기 있어요! 저기 자전거를 타고 있는 선수가 내 애인이에요." 레아가 말했다.

프티마티유는 몸을 좌우로 흔들며 아직 혼자 달렸다. 땀에 젖어 머리는 곱슬거리고 목은 지저분하고 눈은 고양이처럼 음흉했다.

"너무 멋있죠! 4일째인데 말에요."

금속 메가폰에서 상금 100프랑이 걸린 보너스 두 경기를 예고했고 뒤이어 총소리가 났다.

43　프랑스 프로 사이클 선수. 모리스 브로코(Maurice Brocco, 1883~1965) "Hardi Coco, Hardi Coco, T'es bien le roi du velo.(용감한 코코, 용감한 코코, 자전거의 황제)" 노래를 불렀다.

"앞으로 가요. 페이스가 빨라질 거예요. 아! 프티마티유가 우리를 봤어요!"

그가 나를 봤다. 나는 레아의 손을 잡았다. 그와 나는 남자들만 아는 증오에 찬 눈길을 교환했다.

방추형으로 늘어진 선수들이 한 바퀴 돌 때마다 관중들의 함성이 점점 더 짧아졌다. 마지막 바퀴를 알리는 종이 울리자 개들에게 공을 던진 것처럼 선수 열여섯 명이 커브에서 직선 라인으로 몰려들었다.

"레아……" 나는 그녀의 귀에 대고 속삭였다. "당신과 '함께 누워 열락'을 느끼고 싶은데…… 늙은 신교도 아그리파 도비녜가 그렇게 말했어요. 당신은 아침에 뭘 먹나요?"

관중들이 인간의 소리라 할 수 없는 함성을 내질렀다.

"제정신이에요? 내 애인이 경기를 하고 있는데 같이 뒹굴자는 거예요? 사랑하는 사람이 6일 밤낮을 자전거를 타는데 다른 생각을 한다면 나는 하수구나 진흙탕이 어울릴 최악의 인간이에요."

마지막 역주가 시작되었다. 솜털처럼 가벼운 이탈리아 선수, 거대한 스위스 선수, 얼굴을 잔뜩 찌푸리고 달리는 코르시카 선수, 흑인 선수, 금발의 플랑드르 선수가 빵 조각을 향해 돌진하는 잉어들처럼 결승선을 향해 쇄도했다.

"끝났어요. 호주 선수가 이겼어요. 운이 없네요. 프티마티유가 막판에 방해받았잖아요. 자전거에서 내렸어요! 만나러 가요."

선수 대기 구역은 트랙 끝 커브 안쪽에 있었다. 선수들은 나무로 만든 개인 막사에서 쉬었다. 막사 안에는 야전 침대가 있고 입구에 커튼이 달려 있다. "벨록스 팀, 프티마티유/ 반 데덴 호벤"이라는 안내판이 붙어 있다. 프로젝터 조명이 막사 안까지 비추어서 관중들은 선수들이 쉬는 동안에도 좋아하는 선수의 일거수일투족을 놓치지 않을 수 있다. 흰 가운을 입은 스태프들이 접시를 들고 거무스레한 석유와 기름 얼룩 사이를 분주하게 왔다 갔다 하다가 정원용 의자에 앉아 계란과 장뇌로 근육을 풀어 주는 크림을 만들었다. 바닥에는 베어링, 프레임, 고무링 등 자전거 부품이 흩어져 있고 시커먼 물이 담긴 양동이에는 솜이 둥둥 떠 있다. 프티마티유는 등을 대고 누워 두 손을 목에 괴고 마사지를 받았다. 마사지사가 털이 부숭부숭 나고 핏줄이 불끈 솟아 있는 그의 허벅지를 부드럽게 풀어 주었다.

"미쉘린 맨! 프티마티유에게 키스해도 될까요?" 레아가 코치에게 물었다.

그 소리에 프티마티유가 한쪽 눈을 떴다.

"됐어. 마사지 방해하지 마!" 기분이 좋지 않은지 여자 친구를 타박했다.

"어머, 면도해야겠네."

"가만 놔두라니까!"

침묵이 흘렀다.

선수들이 한 줄로 우리 곁을 스치며 지나갔다. 텐트 위로 그림자가 졌다. 다리가 기계 장치처럼 정확하게 그리고 끊임없이 움직였다. 반 덴 호벤이 지나가면서 우리에게 소리를 질렀다.

"내일 밤이면 끝이야!"

프티마티유에게 인사를 했다. 하지만 나를 보지 못했는지 계속 투덜거렸다. "그 망할 놈의 상금 타려면 더 빨리 달려야지. 100프랑이나 되는데! 관중들도 똑같은 놈들이야! 여자하고 같이 왔으면서 다른 여자들 꾀려고 껄떡거리고……"

마사지 덕분에 프티마티유의 허벅지가 촉촉한 상아처럼 빛났다.

"프티마티유, 빨리 나가!" 푸조 광고판 위쪽 일반석에 앉은 인정사정없는 관중들이 소리를 질렀다.

프티마티유는 질렸다는 손짓을 했다.

카키색 작업복을 입은 수리공들이 닷새 동안 면도하지 않은 초췌한 얼굴로 송진을 바른 끈으로 자전거 핸들에 두르고 바퀴들을 한군데 모아 점검하고 나사를 조였다.

프티마티유도 가만있지 못했다.

"내 배. 도대체 내 배는 언제 마사지해 줄 거야?"

트레이너가 운동 팬츠 고무줄을 잡아당겨 손바닥으로 프티마티유의 배를 마사지했다. 배꼽 밑에 "알제리 보병 4연대 1중대, 끝까지 전진"이라는 문신이 새겨져 있다.

"엉덩이에 활석 가루나 뿌려 줘."

경기를 끝낸 선수들은 동료 선수와 교대한 후에 두 시간 정도 눈을 붙이려고 자전거에서 내렸다. 코치들이 핸들과 안장을 잡고 자전거를 멈춰 세우고 페달에 묶여 있는 끈을 푼 후에 병아리를 만지듯 조심스럽게 선수들을 침대 쪽으로 안내했다.

선수들이 잘 준비를 했다. 상대 선수들은 소음에도 아랑곳않고 코를 골며 잤다. 군대 내무반에서처럼 이 침대 저 침대 놀아다니며 웃고 떠드는 선수들도 있다. 타이어에 공기 주입하는 소리가 나고 뒤이어 밸브에서 압축 공기 빠지는 소리가 났다.

프티마티유는 깍지 낀 손을 가슴에 올려놓고 죽은 듯 계속 누워 있었다. 손가락에는 커다란 알루미늄 반지가 끼워져 있고 네모난 손톱은 새까맸다. 레아는 남자 친구의 발치에 앉아 볼에 분을 발랐다. 나는 자리를 떴다.

선수 막사 뒤에서 프티마티유가 레아에게 뭐라고 하는 소리가 들렸다.

"내가 경주하는 동안에는 막심[44]에 코빼기도 비치지 말랬잖아!"

너무 긴장돼서 집에 있을 수도 잠을 잘 수도 없었다고 그녀가 대답했다. 머리에는 온통 그 사람 생각밖에 없다고. 근사한 허벅지, 사랑스러운 얼굴, 검은 곱슬머리, 찰리 채플린 수염, 강한 턱, 코치가 타고 있는 자전거 뒷바퀴에 고정되어 있는 두 눈, 목에 자개단추가 달린 빨간 스웨터…… 그런데 프티마티유가 6일 경주에 처음 참가하는 것도 아니지 않는가! 작년 메디슨스퀘어에서 열린 6일 경주에 참가했을 때도 전보만으로 살지 않았던가?

105시간 동안 287만 2580킬로미터를 달린, 지칠 대로 지친 선수들은 낭랑한 볼베어링 소리를 배경으로 한 줄로 트랙을 돌았다. 흑인 선수가 선두에 섰다. 몇몇은 고글을 썼다. 타이어에 펑크가 나고 체인이 빠지는 사고가 나기도 했는데 이

---

44 Maxim's. 1893년에 문을 연 파리의 대표 레스토랑. 벨 에포크 시대에 사교계 인사들이 드나들었고 2차 세계 대전 후에는 오나시스, 칼라스, 마를렌 디히트리 등의 유명인들이 출입했다. 1950년대부터 1970년대까지는 세계에서 가장 유명하고 비싼 레스토랑이라는 명성을 누렸다.

런 경우 자고 있던 동료 선수를 급하게 깨워 질질 끌다시피 데리고 나가 자전거에 태웠다. 선수는 잠이 덜 깬 채 선수들 사이로 들어갔다. 밤이 깊어지면 늘 그러듯 누군가 지쳐 쓰러질 때를 빼고는 선수들은 지루하게 트랙을 계속 돌았다. 그래도 집에 돌아가는 관중은 없다. 10톤짜리 침묵이 내리눌렀다.

레아가 관중석으로 돌아왔다.

"그만 가세요. 우리를 감시하느라 프티마티유가 잠을 제대로 못 자고 있어요. 자기는 감옥 같은 이곳에 갇혀 있는데 내가 다른 남자와 같이 있으니 제정신이 아니에요. 몸이 피곤하니 짜증도 많이 내고. 프티마티유가 당신이 싫어서 그러는 게 아니에요. 어수룩하게 생겼지만 좋은 사람인 것 같다더라고요. 나 때문에 그러는 거예요. 내가 막심에 가는 것을 싫어하거든요. 춤도 못 추게 해요. 어찌나 못됐는지."

그녀는 사람들을 만나고 식사를 하고 싶으면 '엑셀시오르'라는 사이클 선수들이 자주 가는 바에 갔다. 적어도 자신의 동료들이나 웨이터들이 있어 그녀가 누구를 만나는지 알 수 있기에 프티마티유가 허락하는 유일한 곳이었다.

나는 그녀에게 기대하지 않았던 즐거움이나 큰 선물을 하겠다고 또 절대 말하지 않겠다고 약속했지만 그녀가 집에 오도록 결심시키지는 못했다. 다만 다음 날 아페리티프를 마실 시간에 그녀 집에 들러도 좋다는 허락을 받아 냈다. 그녀가 필요했다. 그녀의 풍만한 몸매와 허스키한 목소리가 나를 매료했다. 연고로 씻어 내고 크림으로 진정하여 보들보들해진 피부가, 보석과 맛있는 음식과 염색제와 약과 애정이 지금 담요를 두르고 쉬고 있는 방망이처럼 단단한 그 털북숭이 다리를 위한 것들이라니. 나는 매우 비논리적이지만 이상하게 자연스러운 상황에 쓸려 가듯 놓였다. 당황스럽고…… 불편했다. 하지만 밤의 애호가들도 패배를 시인할 수밖에 없는 힘든 이 순간을 견디게 해 주는 유일한 힘이기도 했다.

*

석류빛 황혼이 깔렸다. 아스팔트처럼 조용한 저녁이다. 아직 상처가 쓰라렸지만 마음은 평화로웠다. 포르트마요에 있는 카페에서 그녀를 기다렸다. 그녀는 몽마르트르에서 삯마차를 타고 식전주 시간에 맞춰 수달피 망토를 입고 나타났다.

"어렸을 때, 그러니까 프티마티유를 만났을 때가 생각나는군요. 그때 아카시아 거리에 월세방을 얻어 살았어요."

그녀를 보자마자 나는 경기 소식을 물었다.

"프티마티유가 좀 지쳤어요. 허리도 아프고 배도 아프대요. 선두팀도 마찬가지예요. 호주 선수가 부상을 당했어요. 무릎에 물이 찼다더군요. 그래서 오전 내내 기어 다녔어요. 관광하러 온 줄 알았다니까요!"

"반 덴 호벤은?"

"여전히 야생마처럼 질주하죠. 머리를 쓰거나 전략을 세워서 달릴 줄 몰라요. 그건 미쉘린 맨과 프티마티유의 몫이거든요."

그녀를 만나서 반가운 것이 그녀 때문만은 아니다. 그녀의 투박한 손, 50프랑짜리 지폐 색깔 속눈썹, 그리고 꽉 닫혔다가 조금 열린 것 같은 그녀의 마음이 좋았지만 경륜장이 머리에서 떠나지 않았다.

형태가 독특한 자동차들이 도로변에 반듯하게 주차되어

있다. 대포, 요트, 욕조, 비행선…… 샴페인 케이스로 대충 장식된 것들. 샹젤리제 대로. 멋지게 차려입은 젊고 잘생긴 차 주인들은 통유리 안쪽에서 시계를 들여다본다. 타일이 깔린 그곳에는 야자수, 기도용 카페트, 니켈 도금된 자동차의 차대가 있다.

소믈리에들이 거무스레한 식전주를 손가락에 하나씩 끼고 탁자 사이를 날아다녔다. 작업복을 입은 정비사, 몸에 자전거 바퀴를 두른 자전거 선수, 퀴니 레스토랑에 들렀다가 온 권투 선수 모두 고유의 제스처를 취하며 인사했다. 권투 선수들은 장난으로 옆구리에 훅을 날리고 럭비 선수들은 다리에 태클을 걸었다.

레아는 여전히 아름답고 여전히 무정했다. 하지만 내가 특별히 사서 맨 프티마티유 팀의 색깔인 노란색과 검은색으로 된 넥타이에 감동받은 것 같았다. 그녀는 수염수리의 깃털이 꽂혀 있는 커다란 하얀 펠트 모자를 쓰고 귀걸이를 했는데 미국 서부 영화에서 거울을 보고 등 뒤로 총을 쏘는 여자들 같았다. 그녀에게도 그렇게 말했다. 나는 "끝까지 전진"이라는 좌우명을 가지고 있는 프티마티유 같은 남자와는 다르고 6일 낮밤을 달리는 자전거 경기에 한 번도 관심을 가진 적이 없었다고도 말했다. 의사가 냉수욕을 금지했으며 평생 지독하게 해야 할 일만 하고 살았고 내 심장은 기계 부품처럼 차갑고 곱슬머리에 빼빼 마른 여자에게 매력을 느낀다는 얘기도 했다.

하지만 그녀가 두 눈을 반짝이며 관심을 보인 것은 내가 이탈리아 호수들에 대해 잘 알고 「티퍼러리로 가는 머나먼 길」이라는 노래의 작곡가와 친분이 있고 조프르 원수의 서명을 가지고 있다는 사실이었다. 나는 약간 우쭐해져 작업실에 아랍 족장의 전통 텐트와 똑같은 텐트가 있고, 타르티니의 바이올린 소나타 「악마의 트릴」을 연주할 줄 안다고 자랑했다.

그녀가 나를 쳐다봤다.

"당신은 다른 남자들과 다르군요."

"고맙소, 레아. 여자들만이 이런 얘기를 할 수 있죠. 그런데 남자들은 여자들 앞에서는 모두 똑같아집니다."

가까이에 있는 운전 학교 차고에서 역한 기름 냄새가 났다. 멀리서 사냥꾼들이 성벽 밑을 지나는 소리가 들렸다. 사냥꾼들의 뿔피리 소리가 문 닫은 조선소에 정박해 있는 거대한 여객선 슬로프처럼 서 있는 루나파크의 롤러코스터를 배경으로 구슬프게 울렸다.

*

따분한 하루를 보내고 저녁에 경륜장으로 향했다. 레아를 보기 위한 것이기도 하지만 그보다도 경기가 어떻게 되었는지 궁금했다는 것을 내키지 않지만 고백해야겠다. 전광판은 그대로였다. 하지만 곧바로 소란스러워졌다. 녹색, 노란색, 하얀색, 붉은색, 분홍색 유니폼을 입은 여섯 명 선수들이 뒤섞여 리본 모양을 그리며 트랙을 돌다가 출발을 알리는 종소리가 울리자 경기로 반들반들해진 바닥을 부드럽게 밟고 나갔다.

이번에는 프티마티유가 경기에 나섰다. 나를 보자 왼쪽 눈을 찡긋하며 아는 척했다. 131시간 3421킬로미터 지점에서 속도가 올라갔다. 저녁을 먹고 있다가 깜짝 놀란 관중들이 소리를 질러 관객석 난간이 흔들렸다.

흑인 선수가 핸들에 코를 박고 화살처럼 튀어 나갔다. 다른 선수들에 반 바퀴 앞서 가며 간격을 유지했다. 그런데 갑자기 한바탕 소동이 벌어졌다. 넘어지고, 허리가 들리고, 바퀴가 휜 선수들은 뒤처지고 추월당했다. 프티마티유가 펠로톤을 이끌고 흑인 선수가 지나간 자리를 따라 질주했다. 르네그르가 지쳐서 더 이상 힘을 내지 못하자 관중들은 선수 교체를 요구했다.

"못난이 코코! 어서 들어와!"

웨이터가 2층 관중석에서 맥주잔을 떨어뜨렸다. 함성, 드르륵 장난감 소리, 휘파람 소리가 들끓었다. 르네그르가 몸을 세우고 핸들 중앙에 손을 얹고는 더 이상 못 하겠다는 표시를 했다.

나는 선수 대기 구역으로 갔다.

프티마티유가 말끔하게 차려입고 저녁 식사를 하고 있었다. 세수를 하고 면도를 하고 캐시미어 가운을 걸친 그의 모습은 근사했다. 그는 갈비를 손에 들고 뜯었다. 레아는 침대 끝에 앉아 애인이 고기를 씹고 있는 모습을 다정하고 촉촉한 눈으로 지켜봤다. 프티마티유가 내게 찻잔에 따른 샴페인 한 잔과 용액통에 담긴 일플로탕트[45]를 건넸다.

경기 카탈로그에 페달의 황제라고 소개된 프티마티유를 개인적으로 안다는 것이 자랑스러웠고 그의 유연한 다리와 상처 하나 없이 말끔한 무릎에 내가 뿌듯함을 느꼈다. 그에게 호감을 표시하고 힘내라고 응원해 주었다.

그는 담담하게 상황을 설명했다. "내가 사냥개 무리를 몰

---

45 '떠 있는 섬'이라는 뜻으로 크림 위에 머랭을 올린 디저트

고 달렸지. 그 페이스로 달리면 그 흑인도 얼마 못 가. 중요한
건 우리가 조직적으로 추격을 했다는 거야."

추격전을 끝낸 지 몇 분도 안 되었는데 아무 일 없었다는
듯 차분하게 식사하고 있다니 놀라웠다. 그는 충성스러운 스
태프들과 자신을 사랑하는 여인에 둘러싸여, 등나무 칸막이
안에서 쿠션에 기대어 부르주아처럼 평안하게 식사했다.

레아는 프티마티유의 손가락 하나를 부드럽게 잡고 그가
식사하는 모습을 말없이 지켜봤다. 두 사람 다 좋았다. 두 사
람에게도 그렇게 말했다.

우리는 술잔을 마주 쳤다.

레아가 권주가를 낭송했다.

귀하디 귀한 건강을 위하여

중하디 중한 건강을 위하여

건강하면 돈을 벌 수 있고

돈을 벌면 설탕을 살 수 있고

설탕을 사면 파리를 잡을 수 있지.

프티마티유는 자신이 얼마나 운 좋은 남자인지 설명했다.
"재밌죠? 좋은 여자예요. 요리도 하고 필요하면 찜질도 해
줘요. 레아가 한 달에 얼마를 주고 쓰는 삯마차꾼이 있는데 허
풍이 얼마나 심한지. 자기가 버섯 전문가라나 뭐라나. 레아는
말이죠, 많이 배웠어요. 그래서 사람들 앞에서 말도 잘하고 농
담도 잘해요. 그리고 말이죠, 살이 얼마나 하얀지 아시오? 하
얀 살결에 파란 핏줄이 꼭 지리책에 나오는 꼭 강줄기 같다니
까! 머리는 발뒤꿈치까지 내려와요! 빗을 것도 말 것도 없는

몇 가닥 안 되는 요즘 여자들 머리칼과는 비교가 안 되지. 가슴은 또 어떻고. 정말로 물건이죠. 그리고 침대에서도 아주 바지런해요. 적당히 끝내는 일이 없죠. 식사를 한 후에는 항상 양치를 하고 아스파라거스를 먹을 때는 특별히 만든 집게로 먹는다니까요. 그리고 코르셋은 절대 입는 법이 없죠. 당신도 레아를 좀 알게 되면 내가 무슨 말 하는지 알 거요."

악단이 롤러코스터를 타듯 보스턴 왈츠를 연주했다. 꼭대기까지는 조심스럽게 잘 올라가더니 후렴 부분에서는 깊은 계곡으로 초라하게 직강하했다. 공연을 마친 배우들이 분장도 안 지우고 경륜장을 찾았다. 배우들은 춤을 추고 싶었지만 사람들이 게으르고 허세 부리고 소시지나 먹는 인간들이라고 야유를 보냈다.

한창 흥이 난 프티마티유를 두고 경륜장을 나왔다. 그는 막사에서 레아와 자는 척해서 관중들을 재밌게 해 주었다.

내일 다시 와서 밤을 새면서 마지막 총공세를 지켜보겠다고 약속했다.

*

여섯째 날 밤. 138시간, 3962.570킬로미터. 단조로운 광경이 반복됐다. 선수들이 기진맥진해져 졸면서 트랙을 돌았는데 한 선수가 바퀴에 걸려 넘어지는 바람에 옆에 있는 선수들까지 여러 명이 함께 넘어졌다. 영어 비명과 터키어로 욕이 들렸다. 관중이 함성을 질렀다. 몇몇 선수가 경기를 포기했다는 뜻이다. 남은 선수들은 다시 트랙을 돌았다.

늦은 시각이었다. 그날 밤 스프린트 경기는 이미 끝났다.

손목의 피로를 덜기 위해 선수들은 손을 반대로 짚고 트랙을 돌았다. 밤이 되어 쌀쌀한지 다들 장갑을 꼈다.

프티마티유는 막사에서 쉬고 있고 반 덴 호벤이 지루하게 트랙을 돌고 있었다. 조금 있다가 프티마티유가 바통을 이어받아 대미를 장식할 것이다. 나는 피곤에 절어 얼굴이 일그러진 미쉘린 맨을 거들었다. 우리 두 사람은 팔을 걷어붙이고 물이 담긴 양동이에 타이어를 넣고 펑크가 났는지 확인했다. 한창 일하고 있는데 레아가 나를 깜짝 놀랐다. 너무 바빠서 제대로 아는 척을 못하자 레아가 불평했다. 나는 어깨를 한 번 으쓱하고는 일을 계속했다.

많은 사람들이 밤을 샜다. 아이들은 분홍과 흰색 스포츠 신문지를 깔고 잤다. 군사 학교 연락병, 부잣집 운전수, 아침에 출근해야 하는 노르망디 출신 노동자, 회사 발송 계원, 시골에서 올라온 상중인 부부는 하품을 하고 잠을 자지 않으려고 카드를 하고 맥주를 마셨다.

"위젠, 향수 좀 줘." 누군가 소리를 질렀다.

레아와 나는 담요를 덮고 나란히 앉아서 머리를 자루에 기대고 날이 밝기를 기다렸다. 레아가 내 손을 잡았다.

"뼈마디가 가늘군요! 당신이 내 마음을 훔칠 것 같은 생각이 들어요. 연애 소설에서처럼 말에요.(레아의 목소리가 비단처럼 부드럽고 달콤했다.) 당신은 운동선수들과는 달라요. 신부님이나 코믹 가수 같아요. 말은 많이 하지 않지만 활기가 넘쳐요. 나는 오랫동안 연약한 사람을 만나는 꿈을 꿨어요. 풀어헤친 옷깃 사이로 푸르디푸른 핏줄이 보이는 가늘고 뾰족한 수염을 한 젊은 예술가 타입 말에요…… 나는 당신 거예요."

"만약 어제였다면 당신 말이 무엇보다도 기뻤을 겁니다. 내일도 마찬가지고요. 하지만 오늘 내 마음은 여기 경륜장에 있어요. 내 머리에는 오직 한 가지 생각, 프티마티유의 승리밖에 없어요. 나는 나의 것이 아니고 당신도 당신 것이 아니에요. 지금 우리는 경륜장의 일부가 되어 승리의 순간을 기다리고 있어요. 몇 시간 후면 카메라 플래시가 터지고 관중이 함성을 지르고 호회가 발행되고 깃발이 내걸리고 국회 의원들이 참석하는 축하 파티가 열릴 겁니다. 우리의 챔피언이 이 모든 것을 얻는 데 힘을 보태야죠."

"당신의 영혼은 아름다워요. 당신은 멋지고 너그러운 사람이에요. 당신이 더욱 좋아졌어요."

실망으로 그녀의 입술이 실룩였다.

그녀는 말을 멈추고 눈을 감았다. 잠시 후 그녀가 뭐라고 했다. 하지만 잠결에 들리는 소리 같았다.

"프티마티유가 어떻게 생각할까요……"

우리 오른편 에테르놀 광택제 광고판 위 유리 천장으로 창백한 새벽빛이 들어왔다. 기계 피아노가 연주를 시작했다. 거기에 맞춰 나는 노래했다.

새벽의 지저분한 이불 속에서
부리 잘린 수탉들이 꼬꼬댁거린다.
배반의 장미, 쓰레기통에 버려진 꽃
이상하여라, 당신이 잠든 사이 내 사랑은 작아졌네.

헝가리의 밤

"나는 키 큰 여자. 엉덩이가 큰 아이 말야." 술에 취했는지 장이 계속 같은 말을 했다.

나는 다른 여자가 좋았다. 그 아이는 살 한 점 없이 마른 몸, 울퉁불퉁한 핏줄, 가느디 가는 손목, 뼈밖에 없는 그림자, 신성한 동물의 얼굴을 가졌다.

그녀를 좋아하는 것이 어쩐지 더 고상하게 느껴졌다. 유치하지만 으쓱해져서 이렇게 말했다.

"유니콘과 빨간 당나귀의 합작인 저 여자가 마음에 들어."

달리아꽃 한 송이가 벌어진 내 입속으로 들어와 목구멍까지 내려갔다. 꽃들이 전쟁을 했다. 눈앞에 꽃밭이 펼쳐졌다.

슈베르트의 「군대 행진곡」에 맞춰 젊은 유대인 여자 둘이 무대에서 활기차고 비장하게 춤을 췄다. 우리의 끈적한 눈길도 담배 연기의 우의적 의미도 파르스름하게 머리를 삭발한 남자들이 사발을 들이키듯 마시는 술잔에 반사되는 빛도 두 여자를 방해하지 못했다.

접시들이 연주를 마치자 두 자매가 우리에게 인사를 하러 왔다. 장이 마음에 들어 한 아가씨는 한 손에 가발을 들고 웃으면서 탕혜르 상인의 두개골을 내밀었다.

"남자잖아! 변신이라도 한 거야?"

"네, 변신했어요……"

파리 정원의 입구는 커다란 야자수가 두 그루 심어져 있어 꽤 웅장해 보인다. 입장료가 200크로네이고 프셰미실에 진주했던 루비나 장군이 입구를 지키고 있다. 그는 빈 오페라 극장에서 공연하는 오페라에 등장하는 점잖은 노인처럼 생겼다. 파리 정원은 7월에 벨베데르 궁전에서 무도회가 열리지 않는 날 빈에서 문을 여는 몇 안 되는 큰 규모의 나이트클럽이다.

베네치아 거울로 장식된 천장 한가운데 달려 있는 샹들리에는 불빛이 싫었는지 고슴도치처럼 웅크리고 있다. 천장 거울에 체리색 다마스쿠스천 자락과 쉰부른 궁전을 본뜬 로코코 양식의 박스석이 비쳤다. 재즈와 교향곡이 잘 어울리지 못하는 것처럼 긴 드레스를 입은 여자들이 짧은 원피스를 입은 여자들을 경원시했다. 긴 드레스 여자들은 다리를 우아하게 움직일 줄 알았고 남자들을 프랑스어로 '몽 셰르'라고 애교스럽게 불렀다. 그리고 목에는 펜던트를 걸었는데 그 유리 안에는 누가 선물했는지 보여 주려는 것처럼 목을 매 죽은 오스트리아 대공의 사진이 들어 있다. 펜던트는 니스의 추억이었다. 여자들은 네그레스코 호텔에서 오토 대공과 함께 점심 식사를 했고 나폴리 여왕이 개최한 파티에 참석했다. 길 잃은 극락새 깃털 같은 낡아 버린 깃털 장식에 안녕을 고하고 루이스가 만든 우아한 고급모를 붙잡고 한탄했다. 그리고 벼락부자 페이시스트라토스는 회한이 묻어 있는 그녀들의 볼에 홀딱 반했다.

젊은 여자들은 발놀림이 빨랐고 무절제했으며 자기만족적이었다. 그래서 나이 든 여자들은 젊은 여자들을 모더니스트라고 비꼬았다. 내가 마음에 둔 무용수가 나에게 인사를 했다. 나는 금색 탁자 위 유리병 안에서 출렁이고 있는 가짜 토카이 와인을 그녀에게 권했다.

"어디서 왔지?"

"자엘이에요."

그녀는 고향 대신 이름을 말했다.

자엘은 페슈트 출신이다. 우리는 독일어로 몇 마디 했다.

"아저씨는요?"

"파리."

"파리 슐레슈트!" 그녀는 파리가 나쁘다고 말하고 혀를 내밀었다.

탄띠에 카네이션을 꽂은 이탈리아 장교들이 나이트클럽 입구를 막고 있었다. 가축[46]을 보러 온 루마니아 사령관들은 얼굴이 양처럼 생긴 여자들만 골랐다. 돈이 많은 배상 위원회 사람들은 오스트리아산 샴페인을 주문했다. 그들은 배고픈 종업원들의 눈을 피해 푸아그라를 입속에 넣고 몰래 오물거렸다.

"내 친구는 너희 둘을 정말 자매라고 생각했는데."

"우리는 가족이 아니에요. 그는 그라츠 출신이고 이름은 사무엘 에렌펠트예요. 오라고 할까요? 아저씨, 왜 웃어요?"

"에렌펠트는 불어로 전쟁터라는 뜻이야. 이름치고 좀 웃기지."

---

46   bétail. 속어로 매춘부를 의미하기도 한다.

280크로네를 주고 얻은 것은 겨우 잎이 말라 버린 시가와 구즈베리 몇 접시였다. 자엘은 지푸라기로 구즈베리를 찍어서 먹었다.

"무슨 말이에요?"

"네가 예쁘다는 뜻이야." 나는 손가락을 내 얼굴 앞에 대고 동그라미를 그렸다.

자엘은 이스라엘 요정 같은 가느다란 몸을 잘 가누지 못하고 불편하게 앉아 있었다. 가슴은 납작하고 피부는 빛났다. 등은 굽었는데 손에서는 힘이 느껴졌다. 열일곱 여자아이의 손치고는 일을 많이 한 손이다.

"콩세르바투아르 입학시험이 있는 날 롬 거리에 가면 저런 아이들을 많이 볼 수 있어."

장이 본격적으로 면담을 시작했다.

"벨라 쿤[47]을 어떻게 생각해?"

"벨라 쿤이요?(그녀는 히브리어로 벨라 쿤을 찬양했다.) 지금 빈에 있어요. 그는 헝가리에서 왕이었어요. 아주 부자예요. 빈에서도 왕이 될 거예요. 에른펠트가 그러는데 러시아가 벨라 쿤을 아주 좋아했대요. 이탈리아에도 갈 거라고 했어요. 유대인을 우물에 빠뜨려 죽인 헝가리인들은 모두 교수형에 처하게 될 거예요."

11시 30분이 되자 파리 정원에서 나온 사람들로 거리가 북적였다. 자엘이 페터스플라츠에 있는 특별 출입문이 있는

47 Bela Kun(1886~1938). 유대계 헝가리 정치인. 1918년 헝가리 공산당을 창당하고 1919년 사회 민주당과 연립 정부를 수립하여 총리가 되었다.

물랭루주로 가자고 했다. 물랭루주는 검은 대리석 외관, 은박 격자에 터키석이 잔뜩 박혀 있는 천장, 양식화된 황금 꽃줄 장식이 있는 분리파 건축의 성지였다. 수비대 장교였던 카바레의 주인이(그는 멀리뛰기 선수처럼 생겼다.) 우리를 꽃무늬가 있는 짙은 색 카펫 가장자리에 앉혔다. 우리는 파란 빛깔의 술을 마셨다. 자엘은 옷깃이 납작하고 허리가 짧은 밝은 회색 외투를 입고 하얀 양말에 구두를 신은 외국인들과 사귀었다. 모닝 코트를 뒤집어 입은 남자가 삶은 달걀이 담긴 작은 갈색 바구니를 분홍색 리본에 달아 목에 걸고 다녔다. 한때 내각에서 일했던 정부 인사였다고 한다.

장이 코를 푸는 시늉을 했다. 자엘이 탄성을 지르며 캐시미어 손수건에 달려들었다. 그녀는 실크라면 죽고 못 살았다.

"아저씨, 부탁이 있어요. 선물로 손수건을 주세요!"

"작별 선물이 되겠군. 우리는 내일 부다페스트로 가거든. 도나우 강에서 배를 타고 갈 거야. 철도가 파업을 했어."

"저도 데려가 주세요. 할아버지를 보고 싶어요. 제 할아버지는 유대교 회당에서 관리인 일을 하고 있어요." 자엘이 소리를 질렀다.

"너는 여권이 없잖아."

"남부역 근처에 러시아인이 사는데 여권을 만들어 줘요. 아포테오즈라는 사람인데."

그녀에게는 거부하기 힘든 뭔가가 있었다. 하지만 너무 흥분해서 뼈가 얼얼할 정도로 내 팔을 아프게 깨물었을 때는 한마디 하지 않을 수 없었다.

"신께서 말씀하셨지. '정결치 못한 것은 먹지 말라.'"

그녀는 눈 한 번 깜박이지 않고 내 말을 들었다. 하지만 그녀의 눈동자는 희망으로 부풀었다. 장도 감동했는지 그녀의 마력에 굴복하고 말았다. 우리는 개인 룸으로 들어갔다. 흉측한 커튼 옆에 있는 램프가 변비에 걸린 것처럼 번뜩거렸다.

"칵테일 세 잔!"

벌써 동양 바퀴벌레들이 금칠된 탁자 위를 기어 다녔다.

그녀는 우리와 입맞춤을 하는 중에도 말을 멈추지 않았다.

"나는 유대교 회당에 가지 않아요. 물론 대속죄일 날은 빼고요. 주머니에 있는 걸 모두 꺼내 바다에 던지는 날 말예요. 유대교에 입문할 때 배운 히브리어는 다 잊어버렸어요. 저를 데려가 주세요. 할아버지가 너무 늙고 건강도 안 좋으세요. 할아버지를 뵌 지가 벌써 1년 반이나 됐어요. 어쩌면 영영 못 볼지도 몰라요. 할아버지께서 내가 할아버지의 별이라고 했어요. '조상을 모시지 않고 집을 떠난 여자에게는 불행이 닥치리니.'라는 말씀이 있잖아요. 할아버지는 살해당할까 봐 절대 회당 밖을 나가시지 않아요. 그런데 나는 무도회 도중에 태어났어요, 그래서 샴페인으로 세례를 받은 거고요. 1년 전에 오빠 중 한 명이 세게드[48]에서 곤봉으로 맞아 죽었어요. 다른 오빠 사마리는 뉴욕에 있는데 유대인을 변호하는 글을 썼었어요. 그래서 경찰이 우리를 모두 주시하고 있지요. 그래도 아저씨들을 따라가겠어요. 아저씨들은 외국인이고 여권에 문제가 없으니까 아무도 나를 건드리지 못할 거예요."

아저씨들은 조카의 가슴을 얻기 위해 바빴다.

우리는 시멘트 나팔처럼 생긴 곡물 창고들을 지나 차가운 바람에 출렁이는 강으로 내려갔다. 바퀴가 달린 운반차들이

---

48 Szeged. 헝가리 남쪽 유고슬라비아 국경 근처에 있는 도시

곡물 창고든 사이를 왜래했다. 푸르른 돔과 창문이 깨진 감옥 같은 궁전, 열병식을 하듯 일렬로 서 있는 청동 기마상, 가스 탱크, 하릴없이 돌아다니는 실업자들…… 빈은 남편을 잃은 불행하고 늙은 귀족 부인 같았다. 혹시 가라앉지 않을까 걱정될 정도로 전쟁 물자를 잔뜩 실은 거룻배가 지나갔다. 오스트리아는 아직까지 놀라운 양의 고철, 철조망, 바퀴, 녹슨 기계를 내놓고 있다. 강폭이 넓어졌다. 하늘만 품은 강은 버드나무를 따라 흐르다가 비어 있는 방앗간들을 버팀목 삼아 속도를 높이고는 서둘러 다리를 빠져나갔다.

대서양 횡단 유람선에서 자엘은 장과 나 사이에 몸을 뻗고 누웠다. 그녀는 이번 여행을 위해 실크 원피스를 입었다. 머리에는 흰색 새틴 리본을 매고 맨다리에 벨벳 구두를 신었다. 우리들 머리 위로 돛이 바람에 펄럭이고 흰 증기가 검은 어둠 속으로 사라졌다.

"아저씨들과 함께 있어서 너무 좋아요."

잘 익은 밀이 황금빛으로 일렁이는 헝가리 평원을 지났다. 밀밭에는 건초더미가 무겁게 앉아 있고 비료가 하얗게 뿌려져 있다. 아카시아나무로 둘러싸인 농가들이 군데군데 보였다. 평야가 끝나고 산이 시작됐다. 강폭도 좁아졌다. 전나무 숲은 오르막에서도 흐트러지지 않고 반듯하게 심어져 있고 초입부터 새까맣게 보일 정도로 나무들이 무성했다. 숲 사이 사이 구근 모양 종탑 주위로 옹기종기 집들이 모여 작은 마을을 이루고 있다. 페스트가 가까워지자 강가에서 옷을 벗고 소리를 지르며 물놀이를 하는 남자와 여자 들이 보이기 시작했다. 우리가 탄 증기선이 지나면서 일으킨 물결에 아코디언이 탄식하는 소리로 가득 찬 작은 놀잇배들이 뒤집혔다. 자수 튜닉을 입은 살구 장사가 배로 올라왔다. 체코슬로바키아 국경을 지나서는 꼬인 콧수염에 칙칙한 터키석 같은 이빨을 가진 헝가리 하사관들이 탔다. 그들은 낡은 망토로 된 군복을 입었다.

드디어 공작 꼬리 모양의 빛을 만들며 해가 구름 속으로 들어갔다. 공장의 굴뚝과 맥주와 와인 냄새가 우리가 페스트에 들어섰음을 알렸다. 배가 모퉁이를 돌자 레장스 양식의 호텔과 테라스 정원 그리고 유치하고 거칠고 극적인 왕궁 도시 부다가 나타났다. 창문마다 불이 밝혀진 고급 호텔들이 강변을 따라 서 있고 호텔의 옥상 정원에는 붉은색 전등이 매달려 있다.

다뉴비아 호텔에서 장과 나는 한방을 썼다. 자엘은 우리 방과 연결되어 있는 옆방에 묵었다. 방의 벽은 모니터 함에서 발사된 기관 총알로 구멍이 나 있고 석회가 떨어져 있다. 고추 요리는 볼에 구멍이 날 정도로 매웠고 무더운 날씨도 잊게 할 정도였다. 부싯돌 향이 나는 브라티슬라바 화이트와인으로 겨우 입안을 달랬다. 우리는 낮에는 황토색 도나우 강 위로 작렬하는 햇빛을 피해 덧창을 내리고 잠을 잤다. 뜨거운 강물이 성벽의 보루를 달궜고 그 위쪽에 있는 정원에서는 알록달록한 유리 공만 몇 개 꽃처럼 피어 있다.

어둠이 내리자 도시가 깨어났다. 식당에서 집시들이 연주를 시작했다. 알토는 듣기 고통스러웠고 첼로는 거의 혼수상태, 침발롬[49]은 펠트 막대로 하프를 치는 것처럼 둔탁했다. 햇

49 Cimbalom. 중유럽 집시의 전통 악기. 상자에 줄을 매고 막대로 쳐서 소리를

볕에 얼굴과 팔이 그을린 여자들이 모슬린과 밝은색 호박단으로 만든 옷을 입고 거리로 나왔다. 경적이 거슬리지 않은지 연합군 정찰 차량들이 지나가는 것을 지켜봤다. 운전병들이 창밖으로 몸을 내밀고 여자들을 놀렸다.

둘째 날부터 벌써 험악하게 생긴 사람들이 우리 주위를 어슬렁거렸다. 호텔 도어맨은 경찰이 아직 가지고 있다면서 자엘의 여권을 돌려주지 않았다. 우리가 항의했지만 소용이 없었다. 무능한 정부 때문에 월급을 받지 못하고 있는 경찰들이 거리를 몰려다니며 지나가는 사람들의 돈을 갈취하고 모래주머니로 유대인과 외국인 들을 때려죽이고 있어 사람들은 우리보고 저녁에 절대 호텔 밖으로 나가지 말라고 신신당부했다.

자엘과 함께 유대교 회당으로 갔다. 동네 전체가 걱정스러운 눈으로 우리를 지켜봤다. 우리가 금방 돌아가지 않자 계산대 뒤에 있던 상점 주인들이 문을 닫기 시작했다. 양가죽 전통 상의를 입고 곱슬한 옆머리에 기름이 끼고 어깨에 비듬이 하얗게 내려앉은 이들은 갈리치아 지방 유대인들로 시오니즘과 관련한 책자, 초, 염색한 양가죽 외투 등을 팔았다. 상점들의 안뜰은 토끼 굴처럼 서로 연결되어 있고 층마다 발코니가 있다. 안뜰에는 모두 나무 한 그루가 심어져 있고 수레를 매달지 않은 말 한 마리 그리고 잘 먹지 못한 아이들이 있었다.

"유대회당이에요!" 자엘이 콧구멍을 벌려 계단에서 나는 유대의 냄새를 흠뻑 들이마셨다. "여기서 잠깐 기다려 줘요."

하지만 그녀는 회당에 들어가지 못하고 다시 내려왔다.

내는 것으로 쳄발로. 클라비코드의 전신이라는 설이 있다.

할아버지가 회당 안에 갇혀 있는데 무서워서 문을 열어 주지 않는다고 했다. 지저분한 군복을 입은 군인들이 예배 시간이 되면 층계참에 지켜 서서 사람들이 회당에 들어가는 것을 막았다. 군인들이 자엘을 쫓아냈다. "그 발은 행악하기에 빠르고 무죄한 피를 흘리기에 신속하며……" 자엘이 성경 구절을 읊었다.

호텔로 돌아오면서 우리가 미행을 당하고 있다는 것을 알게 됐다.

자정께 잠자리에 들었다. 자엘은 우리 방에서 술을 마시고 담배를 피우다가 돌아갔다. 자기 방과 연결된 방문을 닫지 말아 달라는 부탁도 잊지 않았다. 그녀는 방에서 평소와 다름이 없이 손수건을 손에 들고 잠옷을 입은 채 마주르카를 쳤다.

한밤중에 장이 나를 깨웠다.

"무슨 소리를 들은 건 아닌데 자는 사이에 무슨 일이 일어난 것 같아."

불을 켰다. 3시였다. 침대에서 나와 자엘의 방을 들여다봤다. 그녀가 없었다. 복도로 나 있는 문이 열려 있고 이불이 들쳐져 있었다. 옷은 떨어져 있고 흰 베개에는 남자 것으로 보이는 발자국이 찍혀 있었다. 약품 냄새가 진동했다.

"클로로포름이야." 장이 말했다.

우리는 벨을 울렸다. 아무 대답이 없었다. 얼마 후 야간 경비원이 올라왔다. 나폴리 사람이었다. 얼굴색이 밤새워 일하는 사람 특유의 흙빛이다. 그는 아무것도 듣지도 보지도 못했고 호텔에서 나간 사람도 없다고 했다.

"지금 세상에 한순간에 사라진다는 게 말이 됩니까? 그것도 고급 호텔에서 말이오. 경찰에 신고해야겠소."

야간 경비가 웃었다.

나는 더 흥분했다.

"호텔을 샅샅이 뒤져야겠어. 지하 창고부터 다락방까지 전부 다!"

"저희 호텔에 다락방은 없습니다. 지하창고는…… 다뉴비아가 고급 호텔이지만 요새처럼 뒤숭숭한 시기에 지하 창고에 내려갈 사람은 아무도 없을 것입니다. 거대한 지하 창고는 있습니다. 도나우 강과 연결되어 있는…… 손님을 놀래려는 말은 아닙니다만 몇 시간 후에 둑 쪽에 한번 가 보시는 것이……"

달마티아의 밤 혹은 꽃 속의 꽃

I

프랑스 살로니카 파병군 소속 올리비에 르베크 중위는 휴전협정이 조인된 다음 날 달마티아 지방으로 파견되었다. 유고슬라비아 정부를 도와 달마티아에 있는 오스트리아 소유 전쟁 물자를 배분하는 임무를 수행하기 위해서다. 다른 장교들도 그러겠지만 르베크는 전쟁이 끝나고 평생 처음으로 여유를 누렸다. 그는 가진 돈이 없는 사람이지만 수당이 포함된 상당한 봉급을 받고 있고 달마티아에서는 돈 쓸 일이 없어서 안락하게 생활할 수 있었다. 게다가 징발한 100마력짜리 벤츠와 오스트로다임러 보트 그리고 라구사와 그라보사 항구 사이 절벽 위에 있는 월계수 숲 한가운데 바다가 내려다보이는 저택도 사용할 수 있었다.

르베크는 바스크에서 농부의 아들로 태어났다. 생멕상 하사관 학교를 다녔고 '비밀 동지회' 보르도 지부의 간부 회원이다. 그는 성질이 거칠고 불같았다. 사람들이 생각하는 것보다 영리하지만 화가 나면 입에서 아무 말이나 쏟아냈다. 그러면서도 수도자처럼 이기심이 없고 공증인처럼 지혜로웠다. 그는 시골 출신이라는 자신의 사회적 배경에 신경을 쓰면서 달마티아에서 아무 걱정 없이 특별한 호기심도 없이 안락한 프티부르주아의 생활을 만끽했다. 달마티아에서의 임무는 모두 끝났다. 하지만 이곳에서 맛본 과실의 단맛, 느지막이 맛본 풍족한 삶을 포기하지 않을 작정이었다. "데부르야 비샤야"는 바스크어로 '악마의 뿔'이란 뜻이다. 그는 악마의 뿔을 잡고 맹세했다. 바욘에 있는 알자스로렌 대로에서 신병들과 함께 새벽이슬을 맞을 일은 더 없을 것이라고. 참호 생활은 그를 신중하고 영리한 사람으로 만들었다. 전쟁이 끝나기를 4년 동안 기다리면서 머리와 다리를 단련한 것이다. 어쨌든 르베크는 지혜롭게 그리고 서서히 전 유럽에 우후죽순처럼 생겨난 별의별 국제기구의 여러 보조 기관을 거치며 군인에서 비전투원으로 준 외교관에서 전역 군인으로 변신하는 데 성공했다. 그는 군수 담당관 자격으로 패전한 중앙 유럽이 전쟁 비용으로 지불하기를 거부한 것을 하나도 놓치지 않고 압수하면서 이리저리 잘 굴려 이끼를 꽤 많이 모을 수 있었다. 오래전 신성 동맹에 참여한 제1제정의 장교들이 대귀족 작위를 얻거나 적어도 재무담당 관리가 된 것처럼 말이다. 르베크 같은 인물상은 1919년에는 흔했다. 고등 사범학교 졸업생은 교육자가 되기를 거부하고 장교들은 군사 훈련을 거부하고 정치인이나 석유 재벌이 되고자 했던 시절이었다.

르베크는 전쟁에 이기거나 위대한 업적을 이루거나 점령지를 지배하는 데 더는 관심이 없었다. 그것만 아니면 무엇이든 좋았다. 깜짝 놀라는 일은 이제 지쳤다. 그는 아무 걱정이 없는 남자였다. 느긋하게 전역할 날만 기다리면 되었다. 느지막이 일어나 브리지 게임을 하는 삶을 꿈꾸며. 무엇보다도 아무 일도 일어나지 않는 삶을 꿈꾸며……

II

1920년 봄 전역하기 전 르베크는 배상 위원회의 한 부속 위원회 임무의 일환으로 스팔라토 부근에서 오스트리아 소유의 탄화칼슘 공장을 폐쇄하기 위한 조사 작업을 수행했다. 그날 그는 군복을 입고 말을 타고 조사단과 함께 시골 마을 곳곳을 누볐다. 조사단이 길모퉁이를 돌았는데 느닷없이 파괴된 베네치아 양식의 성이 눈앞에 나타났다. 양끝에 분홍색 탑이 서 있는 난공불락의 성이지만 염소들의 공격은 막아내지 못한 것 같다. 사자가 다리 하나를 공 위에 얹어 놓은 흰 대리석 상도 보였는데 이런 장관은 달마티아 지방에서는 흔히 볼 수 있었다.

그런데 땅바닥에 널려 있는 화려한 의상을 입은 이 시체들은 무엇이란 말인가? 당장에 르베크 주위로 터번에 화살이 박혀 있는 투르크인, 말에서 떨어진 갑옷 입은 밀라노 기사, 황금 유탄을 맞고 죽은 벨벳 상의를 입은 베네치아 궁수가 쓰러져 있다. 시체들 사이로 화포와 포환도 눈에 띄었다. 해자 가까이에서 소리가 났다. 허리띠를 헐렁하게 맨 거무스레한 피부의 사람들이 이탈리아어로 "이탈리아 만세"라고 소리를 지르며 성문 쪽으로 달려갔다.

르베크가 성 쪽으로 가까이 가자 베네치아 깃발을 달고 양쪽으로 도열한 나팔수들 사이로 베네치아 지방관과 외국 대사들 행렬이 성에서 나왔다. 뒤이어 은색 천개를 실은 흰 점박이 회색 말이 따라 나왔는데 천개 안에는 옛 패널화에서나

복 수 있는 갈색 곱슬머리의 매혹적인 성모가 앉아 있었다. 성모 뒤로 베네치아 총독, 추기경의 보좌관들, 사슬에 묶여 있는 적병들과 그레이하운드 그리고 전리품 더미 위에 앉아 있는 치타가 따라왔다.

르베크는 행렬이 도개교를 지나 소형 피아트 트럭 쪽으로 향하는 것을 눈으로 뒤쫓았다. 트럭을 덮고 있는 방수포에 '토리노 영화 유한 회사'라고 적혀 있다. 토리노 영화사는 달마티아 해안을 누비며 달마티아가 이탈리아 땅이라는 것을 선전하는 영화를 찍고 있었다. 슬라브인들이 달마티아를 자신들의 땅이라고 주장하지만 슬라브인들이 오기 전에 이미 이탈리아가 땅 주인이었다는 것을 현 파리 강화 회의에 보여 주기위해 제작되는 영화들이다. 르베크가 방금 전 본 것은 학살 장면이었다.

부상을 당한 베네치아 지방 감독관은 피를 흘린 채 소품담당자와 촬영기사에 둘러싸여 이마의 땀을 훔쳤다.

"오늘 오전 너무 힘들었어! 공격 장면에 네거티브 필름이아홉 통이나 들었다니까!"

"맞아요. 일정이 너무 빡빡해요!"

"성모에게 후광이 필요해. 머리에 조명을 쏴. Was für schöne Haare(저 아름다운 머리칼을 보라)! 원하기만 한다면 당장이라도 6년짜리 전속 계약에 서명할 텐데." 영화감독이 확성기에 대고 탄성을 질렀다.

풀밭 위에 식사가 차려졌다. 르베크는 미래 은막의 스타가 될 줄리아나 옆에 자리를 잡았다.

"아가씨도 영화에 빠진 건가요?" 르베크는 영화가 악의 구렁텅이나 되는 양 말했다.

줄리아나는 영화에 빠지지 않았다. 소프트 포커스나 붉은 립스틱, 할리우드 스튜디오, 이런 것은 그녀에게는 낯선 세상이다. 그녀가 영화에 출연하게 된 것은 이탈리아 정부가 제작비를 지원하면서 달마티아 해안에 사는 이탈리아 출신 주민을 배우로 기용해야 한다는 조건을 달았기 때문이다. 여러 나라가 눈독을 들이고 있는 길쭉한 띠처럼 생긴 이 땅을 이탈리아가 얼마나 사랑하고 있는지 보여 주기 위해서다. 당시 유럽에는 프로파간다라는 새로운 바람이 불고 있었다. 승리의 기운에 취해 태어난 이 바람은 새로운 무기, 이중 플레이, 창의적인 발상, 속임수로 관객의 감정을 자극하고 낡은 편견을 공고히 하고 국수주의를 부추기고 이념을 과도하게 주입했다. 프로파간다는 특히 구차하게 구걸을 일삼거나 과장된 역사적 자부심을 가졌던 민족에게는 신앙이며 정책이며 사명이고 예술이었다.

그런 의미에서 베네치아인들이 스팔라토에 남긴 유산 중에서 가장 아름다운 유산인 줄리아나가 선택된 것은 당연했다. 애국자인 줄리아나의 아버지는 대의를 위해 기꺼이 딸을 내놓았다. 슬라브인들의 금발 사이에서 더욱 강렬하게 빛나는 갈색 머리채(이탈리아인들의 그 이름 높은 풍성한 머리채!)를 그녀는 달마티아에서 최신 유행하는 산호색 헤어네트로 감쌌다. 둔한 머리끈으로 머리를 묶은 북쪽 어딘가에서 온 둥근 코를 가진 민주주의자들 사이에서 줄리아나는 매우 세련되어 보였고 불모지인 이 땅에 전에는 알지 못했던 한 줌의 문명과 세련미를 맛보게 해 준 이웃, 이탈리아 그 자체였다. 촌스러운 르베크에게 그녀는 우월한 종족처럼 느껴졌다. 그는 정복자의 콧수염을 만지작거렸다.

다음 날 배우들은 로마 제국 의상을 입고 다른 영화를 찍었다. 로마에서 콘스탄티노플로 가는 서구와 근동이 만나는 신비로운 길목인 드넓은 평원에 위치한 디오클레티아누스 황제의 궁전 유적지가 촬영 장소다. 몇 푼 안 주고 고용한 단역 배우들이 조명 장치 아래서 분장을 한 채 큼지막한 소시지를 먹고 있다.

줄리아나도 보였다! 자주색 아니 붉은색 무명천으로 된 의상은 그녀의 몸을 빈틈 하나 없이 감싸고 있어 몸의 굴곡이 어제보다 도드라져 보였다. 양쪽 귀에서는 청동 링 귀고리가 흔들거렸다. 그녀는 어제에 이어 오늘도 은막의 여왕이었다. 르베크는 방금 땅속에서 발굴한 고대 유물처럼 그녀의 얼굴을 조심스럽게 들어 올려 자신의 입술로 가져가고픈 강렬한 욕구를 느꼈다.

그녀가 스팔라토에서 마라스키노[50]를 만드는 부유한 양조장 집 딸이라는 것도 알게 되었다. 프랑스인이지만 그는 자신을 달마티아 사람으로 생각했고 이미 달마티아에서 중요 인사로 대접받고 있었다. 석유와 셰일오일을 수출하는 회사의 달마티아 지사 대표직을 제안받고 전역하자마자 업무를 시작했고 줄리아나에게도 청혼을 했다. 두 사람은 라구사[51]에 신혼살림을 차렸다.

---

50   Maraschino. 달마티아 지방 버찌 마라스카로 만든 리큐어

51   Ragusa. "아드리아해의 진주"라 불리는 크로아티아 남부의 아름다운 항구 도시. 크로아티아어로 두브로브니크. 이탈리어로 라구사다.

III

깎아지른 듯한 해안 절벽 위에서 행복이 조용히 시작됐다. 전화 소리도 나지 않는 조용한 행복이었다. 시간 가는 줄 몰랐다. 몸에 흐르던 농부의 피는 병영 생활, 사령부에서의 관료 생활, 부르주아의 경직된 생활을 거치며 점점 옅어졌다. 달마티아에서의 풍요로운 삶은 만족스러웠다. 부르주아 식사를 즐기고, 붉은 한련화에 물을 주고, 점심 식사 후에는 카드게임을 하는 삶에 뭐가 더 필요하겠는가? 르베크는 프랑스에 있는 여동생을 달마티아로 오게 했다. 30대의 수다스러운 전형적인 바스크 여자였다. 바스크 지방에서 '폴리타'라 부르는 꽤 예쁘장한 얼굴을 가졌고 같이 사는 데 문제없을 만큼 성격도 좋았다. 부부는 이탈리아 정부가 압류한 분리파 양식의 샬레를 매입하고 발칸 반도에 있는 모든 가정의 실내 장식을 책임지고 있는 빈에 있는 가구 회사에서 가구를 주문했다.

신혼집은 월계수 위로 반원형 창문이 보이는 아름다운 집이다. 라구사는 이스트라 반도에서 그리스까지 계속되는 새하얀 화산석 절벽에 심어져 있는 거대한 월계수 숲이라고 해도 과언이 아니다.

부부는 오전을 조용히 보내고 오후에는 선풍기의 마호가니 날개 아래서 시에스타를 즐기며 첫날밤의 기억을 바람에 날리고 해가 지면 여동생 이자보와 함께 두브로바츠 카페에 가서 식전주를 마셨다. 프랑스인들에게 식전주는 저녁 기도나 마찬가지다. 세 사람은 플라타너스 그늘 아래서 발효하지 않은 전통주를 마시며 바위 틈 사이로 갑자기 나타난 아드리아 해를 향해 깜짝 놀란 표정으로 천진난만하게 엉덩이를 내민 님프상들과 시원한 바람이 불고 잘 정돈된 산책로를 걷고 있는 슬라브 아가씨들을 감상했다. 일광욕으로 살을 불그레하게 태운 아가씨들은 붉은빛이 도는 아름다운 금발을 가르마를 타서 잘 빗고 면이나 마로 된 소박한 옷을 입었다. 성곽 안쪽 길에서, 성벽 밑에서, 플로체 성문에서 곳곳에서 여전히 오스트리아인들의 성실성을 느낄 수 있었다. 르베크는 압생트를 마셨다. 라즈베리 아이스크림을 먹는 사람들 사이에서 녹색 압생트는 눈에 금방 띄었다.

르베크 일가는 사람들과 교류가 많지 않았다. 일단 라구사에 프랑스인이 없어서이기도 했지만 외국인들과도 별반 다르지 않았다. 미국 영사는 칵테일 금주령을 철저하게 지켰고 이탈리아인들은 현지 슬라브인들과 사이가 좋지 않은데 줄리아나가 이탈리아인이라 르베크 역시 슬라브인들에게 반감을 가졌다. 타락할 대로 타락한 백러시아인들은 신혼부부가 상대할 부류는 아니었다. 몰락한 젊은 러시아 귀족들은 젊은 아가씨들과 라파드 해변 모래사장에 발가벗고 누워 하루 종일 백금 팔찌를 짤랑거리며 갈색 담배를 피웠다. 슬라브인들의 땅 끝 옛 베네치아 공화국에 둥지를 튼, 다른 러시아 망명객들은 어떨까? 한 러시아 공주는 경찰청장 운전사로 일했다. 공주는 다이아몬드 장신구를 있는 대로 걸치고 나와 경찰청장 차를 운전했다. 공주는 경찰청장의 정부이기도 했다. 아침마다 경찰청장 부인이 자신의 연적을 불러서 심부름시킨 후 무릎을 구부리며 예를 표하는 모습이 볼만했다. 장군들의 부인네들은 모래사장에 누워 일광욕을 했다. 벌겋게 탄 목에는 얼마 전 팔아 버린 진주 목걸이의 흔적이 아직 하얗게 남아 있다. 코사크 출신의 백작 부부는 안락하게 사는 게 미안했는지 가난한 척했다. 아침마다 시장에서 채소를 사서 그물 장바구

니에 넣어 보란 듯이 집으로 돌아오는 식이었다. 러시아 망명
객들은 아드리아 해에 솟아 있는 절벽 위 폐허가 된 참호 속에
갇혀 서로 속이고 울고 잡담을 하며 살고 있다.

르베크 일가는 가끔 체코슬로바키아인들이 주로 가는 오
닥 호텔에 가서 어둑해진 밤바다를 보며 저녁 식사를 즐기기
도 했다. 오스트리아 대공들의 별장이었던 임페리얼 호텔도
자주 찾았다. 이곳은 베오그라드뿐 아니라 해방된 지 얼마 안
된 발칸 반도 곳곳에서 온 외교관들이 허위 여권으로 얼굴을
가리고 무화과나무 뒤에서 불륜을 저지르는 곳이기도 했다.

어린 신부를 사랑하는 르베크는 달마티아에서의 무기력
한 삶을 기꺼이 감내했다. 달마티아는 중심지에서 벗어나 아
무짝에도 쓸모없는 건물에 그려져 있는 가짜 창문 같은 곳, 이
탈리아의 쇼윈도 같은 곳이었다.

줄리아나는 얌전하고 수동적이고 조용하고 말 잘 듣는 아
내였다. 르베크는 그런 아내를 '절대 기수를 내팽기지 않는
말'이라고 생각하며 만족해했다. 그녀는 남편과 시누이 외에
특별히 다른 사람을 사귀려는 노력을 하지 않았다. 남편을 숭
배하는 시누이 이자보가 자신을 별로 좋아하지 않는다는 것
을 알았지만 딱히 신경 쓰지 않았다. 프랑스어도 배웠다. 진지
하게 열심히 공부한 것이 효과가 있었는지 실력이 하루가 다
르게 늘었다.

1920년에 들어서 르베크의 사업이 번창했다. 덕분에 출
장이 잦아졌는데 헤르체고비나뿐 아니라 베오그라드까지 출
장을 가기도 했다. 출장에서 돌아오면 집 안 가구는 한층 반짝
반짝 빛났고 온순하고 사랑스러운 아내는 첫날밤을 기다리는
신부처럼 모기장을 친 침대에서 남편을 기다렸다.

르베크는 전쟁 동안 너무나 많은 일을 겪었다. 이제 그는 진심으로 안정된 삶을 즐기고 싶었다. 살도 찌고 행복했다. 걱정거리가 없는 삶과 지불 만기 압력을 받지 않은 중견 무역 회사의 대표직이 제공하는 달콤한 잠에 취해 "아! 좋다."라는 말을 매일 되뇌었다.

하지만 운명의 여신이 길모퉁이에 숨어서 반격의 기회를 노리고 있다는 걸 몰랐다. 운명의 여신은 무료하게 살던 남자를 전혀 다른 남자로 변신시킬 참이었다.

IV

날씨가 아주 좋았던 어느 날 아침 줄리아나는 남편에게 임신 사실을 알렸다. 하늘은 살구색으로 반짝였고 아드리아 해의 파도는 햇빛을 받아 유리처럼 투명하게 부서지는 정말 좋은 날이었다. 르베크는 뛸 듯이 기뻤다. 라구사의 분위기도 좋았다. 그는 르베크 가문이 라구사에서 대대손손 번창해서 르베크 성을 가진 도제와 직공과 장인들을 끊임없이 바욘으로 보내는 것을 상상했다. 하지만 몇 주 후 부부의 희망은 실망으로 바뀌었다. 줄리아나가 잘못 알았다고 했다. 애초에 그녀의 뱃속에 아이가 없던 것이다.

두 달 후 다시 들려온 임신 소식 역시 실망으로 끝났다. 르베크는 의사를 한번 만나 보지 않겠느냐고 아내에게 제안했지만 그녀는 확답을 피했다. 트리에스테에 있는 유명한 산부인과 의사를 보러 가는 것도 차일피일 미루더니 결국 아무것도 하지 않았다.

유산이 아니라 상상 임신은 아니었을까? 너무 마음만 앞섰던 것일까? 싸구려 소설에서 나오는 무료한 여자들이 임신

했다고 상상하는 것처럼 그런 것은 아닐까? 하지만 줄리아나가 임신을 하지 못할 이유는 없는데⋯⋯

그녀의 배는 그대로였지만 성격은 달라졌다. 여전히 나긋하기는 했지만 침울해서는 혼자 있으려고만 했다. 밝았던 얼굴이 사색적이 되고 항상 뭔가 골몰히 생각하는 듯 보였다. 어찌나 깊게 자기만의 세계에 침잠되던지 나이 차가 얼마 나지 않는 이자보의 활력과 수다도 그녀를 깨우지 못했다. 르베크는 오락거리로 관심을 유도하거나 물약과 철분을 먹이는 등 이것저것 시도했지만 효과가 없었다. 마지막으로 냉수욕 요법에 기대를 걸어 보기로 했다. 한낮의 열기가 가시면 줄리아나와 이자보는 보트를 타고 라구사 건너편에 있는 로쿠룸 섬으로 갔다. 페르디난트 막시밀리안 대공의 여름 궁전이 있는 섬이다. 두 사람은 바위 뒤에서 옷을 벗고 아로마 에센스의 향기를 맡으며 투명한 물속으로 들어갔다. 웅덩이가 있는 곳은 어디나 천연 수영장이 되었다.

하루는 르베크가 일을 빨리 마치고 보트에 올라 아내와 동생을 보러 갔다. 보이지 않는 이탈리아 너머로 해가 지고 있는 8월 말 어느 저녁이었다. 유고슬라비아 삼색기가 물속에 잠겨있었다. 르베크는 몸을 돌려 라구사를 바라봤다. 망루가 있는 해안 성곽이 바다와 산 사이에 위축되지 않고 당당히 서 있고 성곽의 벽과 날카로운 모서리는 바다와 바위를 파고들었다. 건물들의 지붕은 푸줏간 불빛처럼 불그스레했다. 항구쪽 성곽은 베네치아가 아니라 프랑스 구역이다. 도미니크 수도원의 돔과 예수회 수도원 지붕 그리고 내장처럼 구불구불한 작은 길이 얽혀 있는 구시가를 보호하기 위해 세워진 마르몽 병영이 보였다.

트베그는 바다 쪽으로 더 나가 섬을 돌아 반대편에 배를 대고 목욕하고 있을 아내와 여동생을 찾았다. 먼저 아내가 보였다. 그녀는 반대편을 보고 있어서 남편이 등 뒤에 있다는 것을 몰랐다.

아내가 분명했다. 하지만 등을 보인 여자가 자신의 아내인지 확신할 수 없었다. 저 여자가 분명 내 아내라는 말인가? 눈을 믿을 수가 없었다. 도대체 무슨 조화로 평범하던 것이 갑자기 그리고 아무 이유 없이 특별한 것으로 둔갑할 수 있을까? 습관이 어떻게 특별한 사건이 될 수 있을까? 규범이 어떻게 엉뚱한 것이 될 수 있을까? 잘 안다고 생각했던 아내의 몸이 갑자기 달라 보였다. 더 마르고 실루엣이 간결해지고 골반이 좁아 보였다. 몸의 굴곡을 만들던 풍만함은 온데간데없고 가슴은 주저앉은 것 같았다. 지극히 익숙했던 존재가 이렇게 낯설게 느껴질 수 있단 말인가? 아내의 몸이 원래 저랬던가? 혹시 지금도 자라고 있는 것은 아닐까? 아내는 성인이 아니었던가? 아이도 아니고 사춘기 소녀도 아닌데 이렇게 변할 수 있나? 아팠을 때도 이렇게 달라 보이지는 않았다. 급성 질환에 걸려 일시에 무너진 것이 아니라 만성 질환처럼 눈에 띄지 않게 조금씩 서서히 변한 것일까? 르베크는 아내가 노을빛을 받으며 팔을 들고 앉고 서고 걷는 모습을 지켜봤다. 그녀 앞으로 가느다란 그림자가 만들어졌다. 줄리아나는 그냥 살이 빠지기만 한 것이 아니었다. 강인해 보였다. 몸의 비율도 달라졌다. 무게중심이 낮아졌다고나 할까. 어느 예술가가 여자의 몸은 그 어느 것도 제자리에 있지 않다고 말하기는 했지만 르베크는 달갑지 않았다. 아내가 일순 아름답지 않아 보였다.

그 순간 그녀가 뒤를 돌아봤다. 우두커니 서 있는 남편을 보고 놀랐는지 소리를 질렀다. 그런데 설령 놀랐다고 해도 일단 남편인 것을 알면 반가워하는 것이 정상적인 행동 아닌가? 하지만 줄리아나는 르베크가 다가서려 하자 마치 모르는 사람이 다가오는 것처럼 몸을 움츠리고 얼굴을 붉히며 옷을 갖추어 입고서야 다가왔다.

모든 것이 비현실적으로 느껴졌다. 꿈을 꾸고 있다고 생각하지는 않았지만 르베크는 담배 파이프에 불을 붙이면서 자신에게 무슨 문제가 있어서 이상한 것이 보이는지, 슬리보비츠를 너무 많이 마셔서 그런 건지 심란해졌다.

"이자보는 어디 있는 거요? 같이 있지 않소?"

줄리아나는 모른다고 했다. 나이가 먹었어도 아가씨라서 부끄러웠던 것일까?

"전에는 안 그랬잖소. 저녁이면 항상 같이 수영을 했잖아. 당신이 싫다고 한 거요? 아니면 이자보가?"

"여자들 마음은 알 수가 없잖아요……" 이렇게 말하는 줄리아나는 귀까지 빨개졌다.

"당신과 비교되기 싫었나 보지. 당신과 함께 있으면…… 질투가 났을 수도."

V

그날 이후 아내가 날마다 조금씩 변하는 모습이 르베크의 눈에 들어오기 시작했다. 목소리가 갈라지고 머리 색이 진해지며 피부가 거칠어졌다. 걷는 모양새도 달랐다. 무엇보다도 그 목소리…… 그녀가 아니라 그녀 안에 있는 다른 누군가가 말을 하는 것 같았다.

줄리아나는 점점 더 깊은 슬픔에 잠겨 은밀하고 비밀스러은 절망감을 떨쳐 내지 못했다.

르베크는 자신을 탓했다. 하지만 그녀는 자신은 행복하고 남편에게 섭섭한 건 없다고 했다. 이자보도 두 사람 사이를 좁혀 보려 노력했지만 뜻대로 되지 않았다. 줄리아나는 마지못해 병원에 갔지만 여행을 권하는 의사의 처방을 받아들이지 않았다. 그녀는 집 밖으로 나가는 것을 완강하게 거부했다. 얼마 안 가서 아예 방에서 꼼짝하지 않게 되었다. 그렇게 방에 갇혀 있다가도 느닷없이 활기를 되찾고 몸을 바삐 움직이고 적극성을 띠었다. 하지만 그것도 원래 모습이 아니어서 걱정스럽기는 마찬가지였다. 그렇게 순종적인 아내이던 줄리아나는 열심이던 요리, 청소, 바느질 같은 집안일에 손도 대지 않았다. 급기야는 남편과 한 침대 쓰는 것조차 거부하기 이르렀다. 이유를 알 수 없는 분노가 줄리아나를 부부의 침대, 어느 대공이 잃어버린 밝은색 참나무 비더마이어 양식 침대에서 멀어지게 했다.

르베크는 괴로웠다. 놀라운 일이 한두 가지가 아니었다. 아내의 기분은 하루에도 몇 번씩 널을 뛰었다. 변덕을 부리거나 짜증을 내다가 갑자기 얌전한 처녀 시절로 돌아갔다. 그러다가 아무 경고도 없이 갑자기 화를 냈다. 정신이 신체에 영향을 주기라도 하듯 줄리아나의 몸도 조금씩 변해 갔다. 잘츠부르크에서 산 아름다운 옷을 입어도 변장한 것처럼 어색했다. 그런데 아내가 추해질수록 동생 이자보는 반대로 젊고 예뻐졌다. 여자들이란 정말 알다가도 모를 존재라고 르베크는 생각했다. 도대체 왜 자신을 피하는 걸까? 아내라면 아내가 해야 할 일이 있지 않은가. 누구에게나 자신의 역할이 있다. 자신의 아내라면 더욱 그랬다.

어느 날 르베크는 아내의 설명을 듣기 위해 방문을 두드렸다. 답이 없었다. 문을 열고 들어갔다. 아내는 발코니에 있는 긴 의자에 누워 울고 있었다. 별이 가득한 아드리아 해 특유의 아름다운 밤이었다. 빛을 발하는 날벌레들이 녹색 불이 켜진 우물 주위를 날아다녔다.

남편을 발견한 줄리아나의 눈이 어두워졌다. 그는 아내의 마음이 닫히는 것을 봤다. 줄리아나는 도망치지 않으려고 입술을 깨물었다가 피할 수 없다고 생각했는지 긴장을 풀고 남편에게 다가갔다.

"내가 불청객은 아닌지……" 르베크가 먼저 입을 열었다.

"불청객은 저예요." 줄리아나의 목소리는 작았다. "수치스러워 말을 할 수도 없고, 그런데 고통은 너무 심하고. 그래서 방에 틀어박혀 혼자 고문을 감당하기로 했어요."

르베크는 아내의 두 손목을 잡고 노를 젓는 것처럼 자기 쪽으로 잡아당겼다.

"다른 남자가 생긴 거요?"

"Dio mio(세상에)!"

"그럼 더 이상 나를 사랑하지 않는 건가요?"

"당신을 향한 내 마음은 그 어느 때보다 강해요."

"그렇다면 이 침대는 나의 것이 되어야 해!"

르베크가 다가갔다. 그녀의 몸이 뜨거운 것을 느끼고 움찔했다. 그녀는 낯선 남편을 밀쳤다.

"안 돼요."

그는 아내를 두 팔로 안고 빠져나가지 못하도록 자신의 손목을 꼭 잡았다.

아내에게 물어볼 것이 많았지만 몸싸움을 하느라 잊어버

렸다. 남편이 다가올수록 줄리아나의 심장은 나침반 바늘처럼 요동쳤다.

"말로는 못 하겠어요…… 글로 쓸게요."

"지금 장난하는 거요? 어서 말을 해요!"

"너무 혼란스러워요."

"어서 말을 해요! 이해하도록 노력할 테니!"

"알았어요. 말할게요. 그만 다그쳐요. 아! 어떻게 시작해야 하나…… 당신에게 알릴 소식도, 털어놓을 사연도 없어요. 한마디면 충분해요."

"무슨 뜻이오?"

"설명이 불가한 자연 현상이니까요."

"어서 말을 해요. 이름을 대든지!"

"나는 괴물이에요."

"정신적으로 괴물이라는 거요?"

"아니요. 육체적으로요. 걸어 다니는 괴물. 어쨌든 괴물이에요."

그런 것이라면 별문제가 아니라고 생각했는지 르베크의 목소리가 한결 부드러워졌다.

"여보, 무슨 말을 하는 거요? 나는 언제나 그 괴물을 사랑했소."

그는 손을 갈고리처럼 내밀었다.

"나는 당신의 남편이잖소."

"아니에요."

"아니라니? 이제 그만합시다. 더 이상 얼굴 찡그리지 말자고. 나는 남자고 당신은 여자요."

"아니에요."

"뭐?"

르베크는 숨을 쉴 수가 없었다.

하지만 줄리아나는 오히려 안정을 되찾은 듯했다. 고개를 가로저으며 침착하게 말을 이어 갔다.

"아니라고요. 나는 여자가 아니에요."

"그럼 남자라도 된다는 거요?"

"그래요. 남자예요."

아무도 모르게 미칠 수 있는 건가?

르베크는 줄리아나에게 겁을 주기로 했다.

"기괴한 이야기는 내 취향이 아니에요. 알잖소."

"약속한 대로 당신에게 다 털어놨어요."

줄리아나의 눈은 흔들림이 없었다. 고통에 익숙한 눈이었다.

르베크는 소리라도 지르고 싶었지만 그녀의 눈에서 생명이 스러지는 것을 보니 숨 쉬기조차 불편해졌다.

"내 말을 잘 들어 봐요."

그녀는 프랑스어가 아닌 이탈리아어로 말했다. 목소리가 비장했다.

"지금까지 당신에게 뭘 감춘 적이 없어요. niente di nascosto(아무것도 숨기는 것이 없어요)…… 이제부터 엄마에게 말하듯 편하게 말하겠어요. 얼마 안 있으면 우리가 결혼한 지 2년이에요. 나는 당신만을 바라보며 당신 곁에서 살고 싶었어요. 물론 아직 같이 살고 있지만. 그런데 왜 그렇게 할 수 없냐고요? 신께서 저주를 내렸기 때문이에요. 나도 모르는 사이에 끔찍한 일이 벌어졌어요…… 내가…… 내가…… 남자가 되었어요."

"줄리아나, 당신 미쳤소?"

"……작년에 내가 당신의 아이를 갖기 위해 얼마나 노력했는지 알죠? 그런데 절대 보고 싶지 않은 것을 내 눈으로 보고 말았어요. 어느 날 생리가 멈췄어요…… 하지만 임신이 아니었어요. 겨울이 끝난 뒤 어느 날 아침, 석 달 전쯤 신발을 신으려고 몸을 숙이는데 너무 힘들었어요. 그러다가 갑자기 옆구리에서 찢어질 듯한 고통이 느껴졌어요. 당신을 부를 수도 없을 정도로요. 탈장이나 장출혈 같은 몸에 이상이 생긴 줄 알았어요. 그런데 아니었어요. 여자로서 수치스러웠죠. 사람들에게 말할 수도 없고. 당신에게는 더더욱 말할 수 없었어요. 내 몸이 내 몸이 아니었어요. 이해가 되지 않았어요…… 당신이 눈치채지 못하도록 임신복으로 몸을 가렸어요. 임신을 하지 않았는데도 말예요! 이불로 몸을 두르고 면도를 하고 목소리를…… 아, 목소리…… 목소리가 가장 두려웠어요. 내 비밀을 사방에 대고 외치는 것 같았어요. 내가 아니라 다른 누군가의 목소리였죠. 매일 밤 모두 잠자리에 들면 촛불을 켜고 모기에 물리는 것도 상관하지 않고 거울에 비친 내 모습을 관찰했어요. 정말 혐오스러웠어요. 당신이 없을 때 악몽일 뿐이라고 내 자신에게 되뇌며 불안한 마음으로 손으로 내 몸을 확인했어요. 배가 평평하고 탄탄했어요. 가슴은 납작해지고 다리에는 힘이 생겼어요. 당신이 로쿠룸 섬에 예고 없이 나타났을 때…… 기억하죠? 그때 당신이 더 가까이 다가왔다면 나는 죽음을 택했을 거예요. 내 안에 있는 여자는 날마다 조금씩 죽어 가고 대신 다른 생명이 커 가요. 그런데 그 생명은 나를 증오해요. 밤이 되면 낮 동안 쓰고 있던 가면을 벗어던지고 날이 밝으면 그 가면을 기억해 내기 위해 머리를 짜내야 하죠. 옛날의 나와 새로운 내가 싸우는 게 견디기 힘들 정도로 고통스러웠어요. 너무 고통스러워 날마다 뜬눈으로 밤을 샜어요. 더 이상 견딜 수가 없어 지난달 당신이 세르비아로 출장 갔을 때 볼로냐 의과 대학 교수를 보러 갔어요. 치과 병원에 있는 과학 잡지에서 이름을 찾았던 분이죠."

"어떻게 됐소?"

"나를 검진하자마자 의사는 왜 변장하고 있냐고, 왜 여자 옷을 입고 있냐고 묻더군요. 내가 '나는 여자예요.'라고 말했더니 이렇게 답했어요. '여자였는데 지금은 남자가 되었다는 말입니까? 몸은 완벽하게 남자인데 생식은 가능한가요? 매우 희귀한 경우입니다만 그렇다고 아주 없는 일도 아니죠. 자연이 뒤늦게 자신의 실수를 수정한 거지요.'"

줄리아나는 의사가 한 말을 떠올리는 것만으로도 고통스럽다는 듯 두 손으로 귀를 막았다. 그러고는 윗옷에서 종이 한 장을 꺼냈다.

"읽어 보세요. 볼로냐 의사가 발행한 소견서예요."

르베크는 안경을 쓰고 촛불빛 아래서 소견서를 읽었다.

"믿을 수 없어…… 뭔가 잘못된 거야……"

"의사를 보고 와서도 내 몸이 정상으로 돌아오기를 바랐어요. 아기 예수에게 기도를 올리고 성모님에게 양초를 바쳤죠. 태운 초만 해도 수킬로그램은 될 거예요. 하지만 소용없었어요. 나는 세상 사람들과 다르게 만들어진 존재처럼 철저하게 혼자가 되었고 불행하게도 나와 세상 사이에는 벽이 세워졌어요. 나와 같은 경우가 또 있는지 알아봤어요. 하지만 내가 알아낸 것은 절망, 무지, 가혹함뿐이었어요. 살아 있는 사람들에게서 등을 돌려야 했죠.

당신이 출장에서 돌아왔을 때 어떻게 해야 할지 갈피를 잡을 수가 없었어요. 비밀을 털어놔야 할지 입을 다물고 있어야 할지, 당신과 나, 두 남자가 불경스러운 관계를 유지해야 하는 건지…… Siamo due uomini(두 남자가 말예요)! 방금 전 당신이 내 방에 들어왔을 때 드디어 모든 것이 끝났다고 직감했어요. 당신과 함께 꾸리는 행복한 가정도, 엄마가 되는 기쁨도, 정직하게 살았던 과거도 밝은 미래도 끝이에요! 말레데타!"

줄리아나는 절망적으로 땀에 젖은 이마를 두 손으로 감싸며 울부짖었다.

"Non mi rimane che la morte(내겐 죽음밖에 없어요)!"

르베크는 아무 말 없이 집 밖으로 나갔다. 성벽에 몸을 의지해 시골길 같은 성곽길을 무작정 걸었다. 성 안으로 들어가 대로를 걷기도 하고 성 밖으로 나가 비탈을 걷기도 했다. 고통이 심하면 미쳐 버릴 텐데 아직은 견딜 만했다. 대신 갑자기 현기증이 나 밤늦게까지 문을 여는 카페로 갔다. 등나무 아래서 하얀 벽을 배경으로 백인 남자들이 검은 와인을 마셨다. 무심한 별빛 아래서 술을 마시는 사람들도 있었다.

르베크는 절벽 끝 난간까지 가서 바다를 바라봤다. 자신이 광기의 경계에서 난간을 붙잡고 있어서인지 절벽 끝에 서 있다는 것이 아이러니하게 느껴졌다. 눈을 감았다. 눈에서 노란 불꽃이 번뜩이고 귀에서 방울 소리가 나더니 축포가 터졌다. 높은 건물 꼭대기에서 여러 층을 뚫고 떨어져 땅바닥에 부딪히는 것 같았다. 눈물이 났다. 어두운 생각에 정신이 어지러웠다. 그는 같은 말만 되뇌었다. '줄리아나가 아니라 줄리아노란 말인가! 진짜 남자란 말인가! 내 집에서 나를 기다리는 사람이 남자란 말인가! 내가 남자와 결혼했다는 말인가!' 이성적으로 이해할 수가 없었다. 전혀 고통스럽지 않았다. 인간은 자신의 힘으로 어찌할 수 없는 일로는 고통을 받지 않는다. 의학으로도 설명되지 않는 것이다. 르베크는 유칼립투스 이파리 위로 지쳐 쓰러졌다.

눈을 떴을 때 러시아인들이 보였다. 날이 밝았다는 얘기다. 그들은 잿빛 얼굴로 참호로 올라가는 중이다. 천 튜닉에 요대를 한 것을 보니 현역 장교들은 아니다. 그들은 지팡이에 몸을 의지해 절뚝거리며 걸었다. 개중에 콘스탄티노플에서 온 군인은 한쪽에는 가죽 슬리퍼를, 다른 쪽에는 낡은 군화를 신었다. 비참했다.

줄리아나가 저 위에서 자고 있다. 르베크는 아내를 원망하지 않았다. 여기 땅바닥에 누워 잠을 잤지만 웃음이 터져나왔다. 자신이 배신을 당했다고 생각하지는 않았다. 아내는 자신과 비교할 수 없을 정도로 더 큰 배신을 당했다. 말레데타! 저주를 받았다! 세상이 변태라고 손가락질하는 일이, 고대 시인들의 시적 상상력에서나 나올 법한 일이 우리 집안에서 벌어지는 것이다. 르베크는 볼로냐 의사의 소견서를 떠올렸다. 크립트오키드(잠복 고환)[52]…… 매혹적이고 이국적인 단어다. 납골당에 피어 있는 하얀 난초…… 그는 아내의 절망을 떠올렸다. 처음 만나 행복했던 시절의 따스함이 다시 공기를 감쌌다. 갑자기 책임감이 느껴졌다. 아내를 절대 떠나지 않을 것이다. 결혼은 육체적 결합을 뛰어넘는 신성한 것 아닌가. 게다가 사회적 위신을 생각해서라도 추문을 일으킬 수는 없다. 아내

---

52   Cryptorchid. crypto(숨겨진), orkhidion(고환), crypt(납골당), orchid(난)

는 비밀을 간직한 채 자신 곁에서 살 테고 그날 밤 무슨 일이 일어났는지는 아무도 모를 것이다.

남동생이 생겼다고 생각하면 된다. 그래, 바로 그거다.

VI

르베크는 무선 전신기를 사서 기계를 만지는데 재미를 붙였다. 지역 유지들을 초대해 파티를 열어 벨벳 의자를 내놓고 접대했다. 프랑스 함정이 라구사에 들어왔을 때 성 사바 훈장을 받으며 사회적으로도 인정을 받았다.

이렇게 르베크는 비극적인 상황 속에서도 나름대로 안락한 삶을 영위했다. 필사적으로 형식적인 것에 매달렸다. 가정을 지킬 수만 있다면(그리고 아무도 모르기만 한다면!) 운명의 여신을 무릎 꿇리리라 다짐했다. 그 안에는 여전히 나쁜 평가를 두려워하는 군인의 본능이 살아 있었다. 사실 그는 여자로 변장한 줄리아나 속에서 자라는 악마를 계속 짓누르고 있었다. 그는 줄리아나가 사랑하는 남동생이 아니라 데리고 살아야 할 아내, 고칠 수 없는 병에 걸린 아내라는 것을 잘 알고 있지만 생각하지 않기로 했다. 하지만 때로는 슬퍼서 때로는 기회가 돼서 때로는 호기심에 생각하지 않을 수 없었다. 여자 옷으로 몸을 숨기고 자신 앞에 있는 남자와 계속 부부로 살 수는 없는 노릇 아닌가! 아무 힘이 없는 르베크는 이 부당한 인생에 복수를 해 달라고 신에게 울부짖었다.

자연의 탈선은 계속되었고 줄리아나는 점점 더 우스꽝스러워졌다. 여자 옷을 입은 줄리아나는 호숫가에서 종종 마주치는 잘생긴 이탈리아 청년들과 비슷했다. 이자보는 눈치를 채지 못했다. 처음부터 자신을 다정하게 대해 주지 않았다고 올케에게 서운해하거나 오빠를 빼앗았다고 오빠의 집에 살고 있다고 원망하지도 않았다. 지금은 오히려 줄리아나가 외출할 때 기쁜 마음으로 도와주고, 괜찮다고 해도 줄리아나의 방에 직접 꽃을 가져다주었다. 이유는 알 수 없지만 이자보는 줄리아나를 헌신적으로 돌봤다.

줄리아나는 몸뿐 아니라 생각도 바뀌었다. 자신을 남자로 지칭하기도 했다. 어머니에게 보내는 편지에는 il tuo figlio (당신의 아들)라고 서명했다. 줄리아나는 자신의 처지를 숨기려 할수록 벌을 받는 건지 더 큰 고통을 느꼈다. 잠이 들 때면 열린 감옥 문으로 죄수들이 빠져나가는 것처럼 모든 욕망이 빠져나왔다. 그래서 자다 말고 일어나 생각했다. '왜 부끄러워해야 하지?' 또 새로운 사실이 그녀를 짓눌렀다. 남자와 여자라는 두 기둥이 탄탄하게 받치고 있는 안정된 문명사회에 자신의 자리가 없다는 사실을 깨달았다. 다시 수치심을 느꼈다.

남자가 되는 연습이 필요했다. 남성용 구두를 신고 더 큰 치수의 장갑을 꼈다. 담배를 피우고 독한 술도 마시고 싶어졌다. 향수와 분은 화장대에서 사라졌다. 다 팽개치고 도망가고 싶다는 생각에 스스로 깜짝 놀라기도 했다. 영원성에 대한 갈구가 위험에 대한 욕망으로 변했다. 자신을 여자로 대하는 것은 자기 모욕이었다. 줄리아나에게 미(美)는 용기였고 친절의 의무는 멍청한 특권층의 덕성일 뿐이다. 치마 속의 두 다리가 지독히도 자유롭게 느껴졌다. 조각상이기를 거부하고 좌대에서 뛰어 내리기로 했다.

VII

르베크 역시 줄리아나와 같이 사는 것이 더 이상 가능하지 않음을 직감했다. 추문이 날 테고 조용한 삶이 머지않아 압류당할 것이 분명했다. 르베그가 자주 말하는 징송받아 마땅한 놀라운 적응력이라는 말은 더 이상 큰 의미가 없었다. 그는 서신으로 여러 변호사에게 조언을 구했다. 가명을 써서. 『양성 구유에게도 투표권이 있는가?』라는 소책자를 쓴 저명한 법학자에게도 조언을 구했다. 이혼은 성립되지 않는다는 답이 왔다. 줄리아나와 줄리아나가 된 남자는 한 몸, 한 존재이기 때문에 혼인 무효 성립의 가장 흔한 요건인 사기 결혼을 주장할 수 없다고 했다. 다른 법 조항에는, 단순하고 제한적인 조항이라는 것을 부정할 수 없지만 당사자는 여성 아니면 남성이어야 한다고 되어 있어 줄리아나와 관계를 끊는 것이 불가능해 보였다. 르베크는 괴물로부터 도망칠 수 없었다. 두 사람은 양끝에 서서 줄을 잡아당겼다. 자연에 배신당한 남자는 잡을 수 없는 적을 추격했다.

어느 날 새벽녘, 르베크는 눈을 떴다. 잠이 오지 않아 전날 밤 솔질을 하려고 문에 걸어 둔 옷을 찾았다. 보이지 않았다. 아직 일어난 사람이 없는데…… 그는 정보국에서 잠시 근무한 경험이 있는데 그 때문인지 의혹을 그냥 지나치지 못했다. 실내복을 걸치고 정원으로 나갔다. 닭들이 서로를 부르는 소리 외에는 조용했다. 날이 밝기 시작했다. 남쪽 나라에서는 해가 항상 땅에 은혜를 베풀 듯 떠오른다. 갑자기 철문이 열렸다. 한 남자가 조심스럽게 들어왔다. 르베크는 순간 몸이 휘청할 정도로 깜짝 놀랐다. 그 남자가 자신의 옷을 입고 있는 것이 아닌가!

"그렇게 입고 어디 갔다 오는 거요?"

"용서해 줘요. 가끔 이렇게 외출을 해요. 몇 시간만이라도 자유롭게 남자로 살고 싶어서요. 이렇게라도 하지 않으면 죽을 것 같아요…… 뭔가 강력한 힘이 자신을 벗어던지고 새로운 길을 가라고 내 등을 떠밀어요. 죽지 않고서는 피할 수 없는 강력한 힘이에요."

르베크는 분노로 앞이 보이지 않았다.

"또 죽는다는 얘기! 죽기 전까지는 담을 넘어 다니겠다는 거요? 당장 내 옷을 벗어놓고 방으로 올라가요! 정말 미쳤군!"

"이제 이런 연극은 그만두도록 해요. 나는 자유로워지고 싶어요. 남자들처럼 낯선 사람들에게 다가가는 것도 두렵지 않아요. 나는 르베크 부인이 아니에요. 앞으로도 아닐 거고요."

"외출 금지야!"

줄리아나는 놀란 눈으로 남편을 쳐다봤다. 르베크의 눈에 비친 그녀는 아내가 아니라 밤새 놀다 새벽에 몰래 집으로 들어온 아들이었다. 운동화, 손수건으로 질끈 묶은 엉덩이까지 내려온 헐렁한 바지, 헝클어진 머리, 풀어헤친 앞섶, 세운 깃…… 오히려 실내복을 입은 르베크가 중년 여자처럼 보였다. 이렇게 지낼 수는 없었다.

"마지막 경고요. 외출 금지요!"

"집에 있는 게 말처럼 쉽지 않아요…… 당신의 동생이 나를 사랑하고 있어요. 눈치채지 못했나요?"

VIII

르베크는 그날 밤 바로 바리유푸유 화물선을 타고 안코나로 향했다. 가만있을 경우 더 큰 문제가 발생할 수 있다는 새로운 법률 조언을 받았기 때문이다. 배우자의 성(性)이 다르다는 것을 인지한 후에도 동거를 지속하면 차후에 어떤 법적 요구도 할 수 없어진다. 어떻게 그것을 몰랐단 말인가. 서둘러야 했다. 안코나에 도착한 후 바로 로마로 갔다. 그는 이탈리아 법에 따라 피우메 자유국에서 결혼했기 때문에 로마로 가서 교회로부터 혼인 무효 판결을 받아야 했다. 라구사로 돌아갈 때는 자유인이 되어 있을 것이다. 줄리아나 스스로 자신이 자웅동체인 것을 인정했고 그녀의 사례가 기이하기는 하지만 명백하기 때문에 혼인 무효 판결을 얻는 데는 문제없을 것이다. 대부분의 자웅동체가 평생 퇴행 질환을 앓으며 장애인으로 사는 것에 비하면 줄리아나의 사정은 나은 편이다.

르베크는 로마에서 분쟁 소송 분야에 명성이 자자한 변호사를 만나 일단 민사 문제를 해결하고 교황청에 혼인 무효 판결을 신청했다. 그 변호사를 통해 법의학 분야 전문 변호사도 소개받았다. 그의 사무실은 바티칸 궁 뒤 프라티 구역에 있었다.

르베크는 1층과 2층 사이 층계참에 있는 방 두 개짜리 사무실에서 슈발리에 드 산타로나 변호사를 만났다. 안색이 창백하고 피부가 쩍쩍 갈라져 흉측하며 목소리가 날카로운 사람이었다. 외투 위로 숄을 둘렀는데 마른기침을 자주 했다. 슈발리에 드 산타로나는 본명이 아니고 원래 성은 헤셀바흐다. 독일 사람이고 자신이 세상에 하나밖에 없는 자웅동체 변호사라는 사실을 영광으로 생각했다. 그가 태어났을 때 독일법에 따라 부모가 그의 성별을 결정했지만 자신이 성을 결정할 수 있는 나이가 되자 반대 성을 선택했고 후회하지 않는다고 했다. 르베크는 변호사의 비서와 친해졌다. 그녀는 원래 산파였는데 교도소 의무실에서 진찰을 받던 여죄수를 강간한 범죄를 저지르고 말았다. 나쁜 행위를 할 권리가 있음을 인정

받아 산타로나가 산파에게 무죄를 받아 주었다. 비서가 뭔가를 적으려고 상체를 숙이자 벌어진 앞섶 사이로 큼지막한 가슴이 보였다.(르베크는 뻣뻣하게 풀 먹인 옷깃을 싫어했다.) 새하얀 가슴 위로 보이는 파란색 핏줄은 델프트 자기의 파랑처럼 선명했다.

택시 운전수가 담배 파이프를 물고 사무실로 들어왔다. 남자는 젖이 나오는 유전병을 가졌다. 아브루초 지방에 놀러 갔을 때 태풍을 만났는데 한 아기는 그의 젖으로 며칠을 버티기도 했다.

"내 사무실은 하늘에 버림받은 존재들이 모여드는 곳이죠." 산타로나가 입을 뗐다. "이탈리아인뿐 아니라 다양한 국적의 외국인들이 로마 법원에 소송을 제기하기 위해 찾아옵니다. 여기서 정신적으로 힘을 얻고 자료 조사를 하고 의학적 조언을 구하지요. 제가 자웅동체들에게 있어 일종의 후원자라고나 할까요!"

산타로나는 르베크의 소송을 맡겠다고 약속했다. 르베크가 가지고 온 볼로냐 의사의 소견서만으로도 소송을 준비하는 데는 문제없고 르베크가 외국인이라는 사실 그리고 10만 리라의 착수금이 나머지 문제를 해결할 것이다.

"이번 소송이 기자들 귀에 들어가지 않았으면 합니다. 자웅동체라고 하면 사람들은 문란한 성생활을 먼저 떠올리니까요."

걱정하는 르베크를 산타로사가 안심시켰다.

"소송 당사자들을 제외하고 우리 사무실의 존재를 아는 사람은 없습니다. 그리고 성적으로 문란한 자웅동체는 거의 없어요. 중성이고 불임인 데다가 우울한 우리들이 그런 오명을 얻게 되다니 안타깝습니다. 윌리스 양이에요. 초등학교 교

사람니다. 파이프오르간을 연주하는데 가끔 시스틴 예배당의 동지들이 꺼리낌 없이 와서 윌리스 양이 반주에 맞춰 노래를 하기도 한답니다. 하모늄 오르간 반주로 부르는 「여자의 마음」[53]을 들으며 그야말로 흥거운 시간을 보내지요. 제 고객은 모두 저주받고 버림받은 불쌍한 사람들입니다. 얼마 전까지 만 해도 자웅동체들이 죽임을 당했다는 것을 아시죠? 고대인들은 불길한 징조라 여겼고 중세에는 신이 보낸 악마라고 생각했죠. 지금이라고 다르지 않습니다."

르베크는 친자노 술병 너머 보이는 유명한 자웅동체들의 사진을 살폈다. 앙젤리크 쿠르투아, 주세페 마르초, 우즈 집안의 아이, 결혼할 때는 여자였는데 사후에 남자로 밝혀진 아델라이드 프레빌, 알렉시나 B.(그녀의 사연은 기이한 인간사 중에서도 가장 기이하다.) 르베크는 벌링스 신부(神父) 사진에 시선을 잠시 멈췄다. 그는 두 번이나 출산했다. 열여섯이었을 때는 동그마하고 단단한 가슴을 가진 마리 마들렌 르포르였지만 65세로 사망한 후 사체 부검을 하기 직전 찍은 사진에는 짧게 자른 머리에 앵그르 시대의 우아한 터번을 두른, 흰 수염을 납작한 가슴께까지 기른 남자였다.

르베크는 유리창이 없는 사무실에서 청원서에 서명했다. 사무실에는 쥐, 사슴, 바닷가재 등 자웅동체 동물들이 담겨 있는 병이 진열되어 있고 두 개 문 사이에는 등사기가 있었다. 《자웅동체 회보》의 편집실이었다.

"기운 내십시오. 성은 두 개가 아닙니다. 자연은 하나의

---

53 Donna è mobile. 베르디의 오페라 「리골레토」 중 만토바 공작이 부르는 아리아

모델만 가지고 일을 하지요. 경제적인 방식이니까요. 인간은 원래 한 몸입니다. 같은 생식기를 가지고 있죠. 어머니 뱃속에서 자라다가 어느 순간 갈라지는 것입니다. 생식기가 성장을 멈추고 모든 것이 안으로 접히고 보호막으로 감싸지면 여자가 됩니다. 성장이 계속되는 생식기는 길어지고 밖으로 표출되면 남자가 되죠."

르베크를 배웅 나온 변호사는 마지막 계단에서 멈췄다. 르베크는 그를 관찰했다. 고해자의 불안한 입, 어떤 상처라도 낫게 할 것 같은 외과 의사의 사려 깊은 손 그리고 익살꾼의 눈을 가진 사람이라고 느껴졌다.

"두 성이 한 몸에 있는 우리는 천민이 아니라 찬미를 받아야 할 완벽에 가까운 존재입니다. 아스타르테 여신을 비롯해 아시아의 신들 모두 양성이 아니던가요? 성경에도, 성경을 한번 읽어 보세요,「창세기」에 분명하게 나와 있습니다. '하나님이 남자 — 여자를 창조하시고, masculum et foeminam creavit eos…… 이렇게 쓰여 있지요? 그것이 최상의 상태, 아담 이전, 원죄 이전 인간의 정상적인 상태지요. 아 리베데를라 (잘 가십시오)!"

IX

산타로나 변호사의 조언에 따라 르베크는 우선 줄리아나를 위해 주민 등록 변경을 신청하고 다음에는 법원으로부터 혼인 무효 판결을 받았다. 줄리아나는 줄리아노로 이름을 바꾸고 남자 옷을 입기 시작했다. 스팔라토에 있는 부모 집으로 옮긴 후 얼마 지나지 않아 여자를 만나 결혼했다. 신부의 이름은 이자보 르베크였다.

북구의 밤

200개의 촛불이 고딕식 건물 입구를 밝히고 있었다. 나는 맞은편 인도에 서서 건물 입구를 지켜봤다. 남자들이 안으로 들어갔다. 혼자 들어가기도 하고 여자와 함께 들어가기도 했다. 가슴이 두근거리고 선뜻 용기가 나지 않아 더 이상 아무도 오지 않을 때까지 한동안 그렇게 서 있다가 꽤 가파른 계단을 올라가 출입문 앞에 섰다. 바닥에는 톱밥이 뿌려져 있었다. 문을 열고 안으로 들어갔다. 가스와 식은땀 냄새가 났다. 나는 육각형 양피지로 된 임시 회원증을 머리를 땋은 젊은 여자에게 보여 주고 남성 탈의실로 들어갔다. 몸이 빠져나간 셔츠와 멜빵이 걸려 있는 것이 보였다. 반장화는 둥근 고무 굽을 보이며 누워 있었다. 북구 사람의 발도 휴전이 되자마자 동유럽으로 물밀듯이 쏟아져 들어온 계산기, 파리채, 치실과 같은 미국 제품의 공습을 피하지 못한 모양이다. 탈의실 한가운데 있는 니켈 구두주걱이 반짝거렸다. 옷을 벗어야 하나? 아마 벽에 붙어 있는 안내문에 그렇게 하라고 적혀 있을 것이다. 하지만 얼굴에 가시가 붙어 있고 등에 농포나 풍선 같은 움라우트가 수없이 달려 있는 두꺼비나 벌레처럼 생긴 글자를 내가 어떻게 이해할 수 있겠는가. 나는 신발을 벗고 문을 살짝 열었다. 세면장이었다. 그런데 스포츠클럽의 세면장이라기보다는 회교 사원의 것처럼 생겼다. 회칙이 요구하는 대로 차려입은 회원 두 명이 서서 담소를 나누고 있었다. 한 사람은 난간에 허리를 기대고 내 쪽을 향해 서 있고, 다른 사람은 등을 보였다. 난간에 허리를 기대고 있는 사람의 머리에는 바위에 붙어 있는 석이버섯처럼 버석버석하게 머리털이 또아리를 틀고 있고 몇 가닥 안 되는 흰 수염은 가슴께까지 내려와 중고 가게에서 파는 낡은 소파에서 삐져나온 덥수룩한 솜 같은 가슴 털과 뒤섞였다. 가슴 털은 반듯하게 두 갈래로 갈라졌다가 어느 순간 부풀어 오른 후 담쟁이 넝쿨이 되어 다리를 따라 달려 내려가 발등에서 여정을 멈췄다. 등을 보인 사람은 머리털이 검고 빳빳했고 귀 뒤로 금테 안경다리가 번쩍였다. 그 역시 나체였고 오른발 엄지발가락을 리드미컬하게 까딱거렸다.

나는 문을 닫고 의자에 앉았다. 어렸을 때부터 펜싱 연습장이나 스포츠클럽 그리고 수영장과 터키탕에 자주 갔기 때문에 문제없이 옷을 벗고 알몸으로 돌아다닐 수 있을 것이다. 그리고 누구도 아닌 내 스스로 다이애나 협회에 외국인 회원 자격으로 가입 신청을 하고 여기에 와 있지 않은가. 나는 그 사실을 여러 번 상기했다.

15세기 보헤미아에서 후스파가 여러 분파로 갈라졌는데 개중에 에덴동산에서처럼 나체로 생활하는 것이 하늘에 오르는 확실한 방법이라고 믿는 집단이 있었다. 종국에 이들은 학살로 종말을 맞았다. 그런데 15세기까지 거슬러 올라가지 않더라도 독일에 옷을 입지 않고 생활하는 사람들이 협회를 만들어 정기적으로 모임을 갖는다는 이야기를 자주 들었고 나체주의를 홍보하고 미학과 건강, 나아가 우생학을 다루는 독일 잡지를 통해 북유럽에 '나체주의 문화'라는 협회의 지부가 있다는 사실을 알게 되었다. 《미(美)》라는 스웨덴 잡지에 다이애나 협회의 회원을 모집하는 광고가 실렸다.

잡지 《미》가 표방하는 이상을 구현하는 모임에 참여하기를 원하십니까? 관심이 있는 아리아인 남녀는 X시 우체국 사서함 110호 다이애나 협회 북유럽 지부 앞으로 신청서를 보내 주십시오.

나는 당시 X시에 머무르고 있었다. 그래서 반송 우표와 함께 광고에 적힌 주소로 신청서를 보냈다. 불피우스 박사라는 사람으로부터 협회에 가입하려는 이유와 나이, 직업 등을 자세히 적어서 보내 달라는 봉함 엽서를 받았다. 나는 잡지의 성격에 맞게 고대 문명, 스파르타인들의 축제, 리쿠르고스 법, 타키투스의 게르마니아 등을 언급하고 또 의학적 관점에서 햇볕이 피부에 작용하는 화학적 장점까지 열거한 답변을 박사에게 보냈다.

이틀 후 협회로부터 집행 위원회 회의에 참석해 달라는 연락을 받았다. 카페 오딘 2층에 있는 알렉산더 왕자 룸에서 프로젝터까지 사용하며 진행하는 회의였다.

회의는 저녁 7시경 식사 후에 시작했다. 카페에서 항구가 한눈에 들어왔다. 정박해 있는 노르웨이 범선들의 활대가 여전히 얼어 있는데 이제는 다 녹아 버린 눈의 유일한 흔적이다. 범선의 장루는 추위를 막기 위해 붙여 놓은 종이가 아직 그대로 있는 카페의 이중창 높이까지 솟아 있다. 밤바람이 저 앞의

섬까지 파도를 일으켰다. 새로 타르를 바른 배가 산화연과 석양에 빨갛게 타올랐다.

협회장은 맹인이었다.(불피우스 박사가 회장인 것으로 알고 있다.) 불그스레한 얼굴에 검은 선글라스를 꼈다. 연단에는 중앙에 회장이 양쪽에 부회장과 재무 담당자가 자리했다. 연설을 하는 회장의 목소리는 매우 진지했다. 금발의 재무 담당자는 얼굴이 거북이를 닮았는데 장교의 과부일 것 같다는 느낌이 들었다. 코안경을 쓰고 수선화로 가장자리를 장식한 모자를 쓴 그녀는 닻줄을 던지듯 날카로운 시선으로 나를 찬찬히 살폈다. 그녀의 생각과 내 생각이 충돌했다. 원장 수녀같이 생긴 이 여자가 협회 가입 여부에 결정적인 역할을 하게 되리라는 예감이 들었다.

나는 영어로 가입 동기를 발표했다. 타자기에 끼워진 종이에 가려 얼굴이 보이지 않는 젊은 여자가 그 나라 말로 통역을 했다. 심사는 20분 동안 진행됐다. 내가 프랑스인이라는 사실이 심사 위원들에게 호감과 신뢰를 불러일으키는 것 같지는 않았다.

"부도덕한 호기심으로 협회에 가입하지 않는 것이 확실합니까?"

"우리는 성실한 시민만을 회원으로 받아들입니다. 술을 마시거나 신지학에 경도되어 있는 사람은 회원으로 부적절합니다. 해로운 책을 가까이하지 않아야 하고 경제적으로도 무능력해서는 안 됩니다."

회장 오른편에 있는 프록코트를 입고 붉은 수염이 난 매우 친절한 40대의 남자 심사자가 질문을 했다.

"러시아인이나 유대인과 교류합니까?"

나는 여권과 보증인 서류를 제출했다. 심사 위원단이 낮은 목소리로 심사 결과를 발표했다. 타자기 소리가 뒤이었다.

"두 달 기한으로 임시 가입을 승인합니다. 신체검사가 끝나는 대로 임시 회원증이 발급됩니다. 대기실에서 기다려 주십시오."

문이 열렸다. 나는 일어서서 타이피스트를 맞았다. 타이피스트는 내게 봉투와 미소를 내밀었다. 긍정적인 결정을 짐작케 하는 미소였다. 갑자기 쑥스러워졌다. 젊은 여자의 진지한 태도, 말수가 적고 애교라고는 찾아볼 수 없는 담백한 행동거지가 매력적이었다. 파란 눈, 그 파란 눈을 둘러싸고 있는 검은 속눈썹, 술처럼 이마를 장식한 앞머리, 우아한 입술, 짧고 빛나는 금발…… 순간적으로 그녀에게 호감을 느꼈다.

그녀의 관심을 끌려고 실없는 소리라도 건네려는 순간 그녀가 몸을 낮췄다. 한 다리를 뒤로 빼고 무릎을 구부려 나에게 예를 표한 것이다. 너무 순간적으로 일어난 일이라 오금에서 정수리까지 소름이 돋았다. 그녀의 머리칼이 앞으로 쏠리며 흔들렸다. 그녀는 말없이 일어나서 몸을 돌려 나갔다.

다음 날 도시 외곽 검역소 내에 있는 병원에서 건강 검진을 받았다. 러시아 크론시타트에서 온 망명객들이 남긴 이가 들끓는 곳이다. 검진은 신속하지만 엄격하게 진행됐다. 전염병이 있으면 다이애나 협회에 가입할 수 없었다. 회원들의 미적 즐거움을 망칠 수 있는 피부병이나 신체적 기형이 있는지도 확인했다.(입 냄새가 나거나 기생충이 있어도 안 된다.)

가입 승인이 났다. 회비를 내고 회칙을 숙지했다. 회칙을 읽으면서 걱정이 생겼다. 특히 "협회의 이상에 위배되는 행위나 회원의 기분을 상하게 하는 무례한 행위를 할 경우 즉시 강제 탈퇴 조치를 당한다.〞라는 조항이 신경 쓰였다.

이제 일주일에 두 번 터키석 반지 외에 아무것도 걸치지 않은 채 체육실로 고개를 똑바로 들고 들어가 낙원의 옷만 걸친 다이애나 협회 회원들과 저녁나절을 보내야 한다. 나도 그들의 일원이 되어야 한다. 경찰에 허가를 받은 모임이고 옷을 벗는 것이 자연스러운 행동이라는 것은 알지만 그것만으로 안심이 되지 않았다. 북유럽에서 이미 유사한 경험을 한 바 있어 크게 문제가 될 거라고 생각하지는 않았다. 독일 쪽 발트 해변에서 여자들과 섞여 일광욕을 했고 스웨덴에서는 물 치료를 받으면서 여자들의 부드러운 손과 비누 거품에 몸을 맡기기도 했다. 그리고 러시아에서는 나체로 해수욕을 했다. 남자들과 여자들이 잉크처럼 새파란 바닷물에서 서로 허리를 잡고 햇볕에 살을 태웠다. 그렇다고 해도 갑자기 실오라기 하나 걸치지 않은 여자들 사이에 있을 생각을 하니 걱정이 앞섰다. 다시 문을 살짝 열고 안을 들여다봤다. 연단이 보였다. 깃발, 야자수, 뱀이 담겨 있는 기름병으로 장식되어 있는 연단에 이미 두 사람이 서 있고 세 번째 사람이 막 올라왔다. 그 사람은 펜대가 담긴 검은 가죽 잉크통을 목에 걸고 있다. 아무리 신입 회원이라고 해도 속옷을 입거나 수건을 두를 수는 없는 노릇이다. 내가 마지막이다. 이제 옷을 벗고 배에 힘을 주고 주먹을 꽉 쥐고 결연하게 체육실 안으로 들어갈 것이다. 목이 탔다.

제일 먼저 카페테리아 비슷한 것이 눈에 들어왔다. 나체의 여러 가족이 등나무 의자에 앉아 빨간 무와 카페오레를 먹고 있었다. 사우나에서 땀을 쫙 뺀 다음 식사를 하는 광경과 다를 것이 없다. 한 중년 여자가 배 위에 뜨개를 올려놓고 뜨개질하고 있는데 사나운 꿈자리처럼 보기가 불편했다. 사람들이 서로를 부르고 고함을 지르는 소리가 체육실에 울려 퍼졌다. 발을 구르는 소리가 나더니 마룻바닥이 흔들리고 천둥소리를 내며 공이 굴러 가 핀을 쓰러뜨렸다. 천장이 유리로 덮여 있고 벽은 이 나라의 모든 것이 그렇듯 니스칠한 전나무 패널로 되어 있는 체육실에서 40여 명의 남자와 여자들이 운동을 하고 있다. 남자들은 모두 2센티미터 단위로 높이가 조절되는 높이뛰기를 했는데 혁명으로 권좌에서 쫓겨난 스웨덴 왕을 닮은 남자는 뛸 때마다 침착하게 막대를 한 칸씩 올렸다. 나는 여자 회원들에게 눈길을 주지 않기 위해 남자들에게 집중하려고 애를 썼다. 체육실 안쪽에는 체조 기구들이 세워져 있었다. 체조 애호가들은 톱밥 속에서 앉았다가 일어서기를 반복하거나 곤봉으로 등 근육을 풀었다. 건장한 청년들이 매트리스를 향해 투창을 던졌다. 잠시 쉴 때는 얼음같이 찬물을 마시고 입을 헹군 후에 멀리 내뱉었다. 나이 든 여자들은 벌을 받는 것처럼 한 발로 육각형 뛰기와 땅따먹기와 비슷한 삼각점프를 했다. 금속 링이 부딪히는 소리가 났다. 그때까지 수녀처럼 고개를 숙이고 있던 나는 고개를 들었다. 이상하게 생긴 공이 금속 링에 매달려 있었다. 팔다리가 묶여 있고 뾰족한 팔꿈치와 둥근 무릎은 튀어나왔다. 링이 천천히 굴렀다. 손목에 힘을 주자 둥근 척추가 내려가고 핑크빛 엉덩이가 위로 올라왔다. 목에 힘을 주자 커다란 검정 실크 리본으로 묶은 금발이 지나가고 얼굴이 나타났다. 그 얼굴이 나를 보고 웃었다. 나에게 회원증을 건네준 불피우스 박사의 타이피스트였다. 그녀는 링 안에서 개구리 자세로 편안하게 발랄하고 심술궂은 북구 요정의 얼굴로 미소를 보냈다. 머리털이 쭈뼛쭈뼛 섰다. 여자의 머리가 다시 바닥으로 향했다. 양팔을 직각으로 벌려 팽팽하게 해서 그것을 축으로 몸 전체가 굴러 서서히 제자리로 돌아오고 다리는 4분의 1바퀴를 더 돌아 바닥에 섰다.

지금 내 앞에 세상에서 가장 아름답고 건강한 젊은 육체가 서 있다. 눈을 뗄 수가 없었다. 여자는 여전히 웃는 얼굴로 나에게 인사를 했다. 여자의 숨결이 내 팔에 와서 닿았다. 나는 너무 당황해서 뒤로 돌아 높이뛰기 기구를 향해 뛰어가 광신적인 사제처럼 도약을 해서 점프를 했다. 하지만 다리가 막대에 걸려 바닥에 벌러덩 나동그라지고 말았다. 나는 재빨리 일어났다. 코의 살갗이 벗겨지고 손바닥에서 피가 났지만 기분이 좋았다. 여자 쪽으로 눈길을 주지 않으려고 계속 운동을 해야 할 것 같았다. 아! 그 눈! 공중그네 쪽으로 달려가 평행봉을 뛰어넘었다. 통통한 입술! 20킬로그램짜리 역기를 들었다. 가슴은 또 얼마나 완벽한가! 멀리뛰기도 여러 번 반복했다. 덕분에 사람들은 내가 보여 준 아리아 남자의 힘을 높이 평가했다. 그동안 운동을 안 해서인지 숨이 차고 온몸이 땀범벅이 되었다. 좀 쉬어야 했다. 그런데 그녀가 내 앞에 서 있었다! 짧은 머리의 이브. 죄를 짓기 전의 이브가 부끄러움도, 당황하는 기색도 없이 내게 손을 내밀었다. 이두근과 삼두근이 울퉁불퉁 튀어나온 팔이 아니라 근육이 잘 잡힌, 수영 선수들처럼 방추형의 긴 근육을 가진 팔이 눈에 들어왔다. 숨이 멎을 것 같았다.

"제 이름은 아이노예요." 그녀가 독일어로 말했다. "부모님께서 같이 차 한잔하자시는데요."

나는 그녀를 따라갔다. 뚱뚱한 몸을 털로 가린 그녀의 아버지가 웃는 얼굴로 나를 맞았다. 그는 발티카 세레디타스 보험 회사의 간부였다. 남동생은 용수철 아령으로 악력을 키우고 있고 엄마는 접시처럼 넓은 가슴을 두 팔꿈치로 단단하게 누르고 피히테의 책을 읽고 있었다. 입에서는 히아신스 내음이 났고 팔은 아직 탄탄했다. 얼굴과 배에만 주름이 잡혀 있었다. 나는 바지 주머니에 손을 넣으려고 허벅지 부근을 계속 더듬었다. 무안해서 헛기침을 했다.

"나체로 돌아다니는 데 곧 익숙해질 거예요." 아이노의 엄마가 나를 위로했다. "우리는 우리끼리 있을 때 나체로 지내곤 해요. 여름에는 옷을 다 벗고 딸기를 따고 겨울에는 얼음에 구멍을 내고 수영을 하죠. 고대의 미는 죽지 않았어요. 루터교도들이 말했잖아요. 고대의 미는 제비 같아 꼭 다시 돌아온다고. 우리 농부들도 제비가 호수 저편에서 겨울을 나고 봄이 되면 다시 돌아온다고 믿었고요."

엄마는 어린 아들에게 주의를 주는 것도 잊지 않았다.

"그렇게 손톱을 계속 물어뜯어 손이 흉해지면 우물에 던져 버릴 거다."

모든 것이 순조롭게 진행되었다. 나는 성실과 풍요를 발산하는 건장한 부르주아 가족과 레몬차를 마셨다. 스칸디나비아 신들에게 걸맞게 카페오레, 오이, 아카시아꽃 튀김이 입 속으로 들어갔다. 아이노의 아버지는 나를 편하게 생각했는지 본인의 배에 있는 흉터를 보여 주었다. 맹장 수술 자국이었는데 그는 자신의 회사에 맹장염 보험을 들었고 회사는 로이드에 재보험을 들었다고 했다. 아이노의 아버지는 채소의 영양소에 대해 설명했다. 나는 아이노 쪽을 슬쩍 봤다. 그녀와 눈이 마주쳤을 때 너무 당황해 시선을 급히 배의 흉터로 옮겼다가 가족의 기형적으로 생긴 발을 향해 낮췄다. 그들 다리 사이로 몸에 비해 머리가 너무 큰 알몸의 아이들이 아기 사자들처럼 뒹굴며 노는 것이 보였다. 이제는 믿음이 부족하다는 소리를 듣지 않을까 걱정하지 않고 묻고 싶은 것, 알고 싶은 것에 대해 스스럼없이 질문했다. 가장 힘든 부분은 지나간 것 같았다.

누군가 단체 게임을 제안했다. 고양이와 쥐 게임이었는데 전 회원이 일체의 흐트러짐 없이 일사불란하게 움직였다. 우리는 큰 원을 만들어 고양이가 쥐를 잡으려고 하면 함정을 만들어 방해해야 했다. 우리는 숨을 헐떡거리며 깔깔거렸다. 휴전이 선포되고 게임이 종료됐다. 뒤이어 여우와 암탉 게임을 했다. 앞사람의 허리를 잡고 일종의 인간 사슬을 만들어 도는 게임이다. 파랑돌 춤의 운동 버전이라고나 할까. 여우가 암탉을 잡으려고 하면 인간 사슬을 구부리거나 끊었다가 다시 이어 여우의 공격으로부터 암탉을 보호하는 놀이다. 아이노가 내 뒤에 있었다. 내 허리를 잡고 있는 그녀의 두 손이 불에 달군 쇳덩이처럼 뜨거웠다. 그녀는 웃으면서 물러서지 말라고 했다. 그런데 그녀와 몸을 부딪치지 않으려고 무지 애를 써야 했다. 내 앞에 있는 못생긴 금발 여자 때문이다. 다리의 교각처럼 튼튼한 젊은 아가씨가 사슬이 끊어지지 않게 하기 위해 계속 무릎을 굽혀 무게 중심을 낮췄다. 그러다가 너무 진지하게 게임에 몰두하고 있는 이 둔한 아가씨가 순간적으로 거대한 엉덩이를 뒤로 뺐다. 그 바람에 뒤에 있던 내가 물러서면서 아이노의 몸에 부딪힐 수밖에 없었다. 게임의 속도가 매우 빨라졌을 때 그녀가 두 팔로 내 허리를 둘러 자신의 몸을 내 몸에 완전히 밀착한 순간이 있었다. 그녀의 허벅지가 지지대처럼 내 허벅지를 받쳤고 그녀의 헐떡이는 가슴이 내 등에 달라붙었다. 나는 눈을 감았다. 뭔가 모를 불편이 엄습했다. 견딜 수 없을 정도로 창피했지만 동시에 영원히 끝나지 않았으면 하고 바랐다. 몸이 기분 좋게 마비되는 느낌이었다. 하지만 게임이 격렬해질 때마다 인간 사슬은 끊어질 위기에 처했다. 나는 허리를 펴고 아이노에게서 벗어나 사람들 사이를 거칠게 빠져나와 뒤도 돌아보지 않고 한 번에 계단을 점프해 탈의실로 갔다.

거리로 나갔다. 칼바람이 뺨을 사정없이 때렸다. 얼굴을 찡그려졌다. 몸은 한 마리 비둘기처럼 가벼웠지만 마음은 전기 충격을 받은 것처럼 흥분되었다.

이틀 후 제과점에서 우연히 아이노를 만났다.

"저를 기억하세요?" 그녀가 물었다.

"글쎄요. 만약 아가씨가 아이노라면 왼쪽 어깨와 오른쪽 가슴에 점이 있을 텐데. 그런데 옷을 입고 있으니 확신이 서지 않는군요."

"머리가 왜 그렇게 길어요? 아침마다 머리를 면도하는 남자만큼 멋있는 남자는 없는데. 수첩이 달려 있는 체인을 목에 걸고 다니도록 해요. 그러면 일기를 적을 수 있잖아요. 해머 던지기 평균 기록은 어떻게 되죠? 항상 그렇게 구부정하게 걷나요?"

나는 저녁을 같이하자고 했다. 그게 안 되면 차라도 마시자고 고집했다.

"G에서 열리는 성요한 축제에 함께 가요. 내일 오토바이를 타고 데리러 올게요. 짐 싸서 오세요."

우리는 도시를 가로질러 달렸다. 오토바이가 덜컹거릴 때마다 우리는 인사를 했다. 경적을 울리면 행인들이 길을 잘 비켜 줘 금세 좁은 길이 만들어졌다. 전차가 길을 막고 서 있는 곳에서는 인도로 올라가 낡고 고장 난 삯마차들을 피해 달렸다. 아스트라한 모피 모자를 쓴 뚱뚱한 마부의 몸무게에 마차가 삐걱거리고 멍에를 쓰고 있는 몸집이 자그마한 말들은 헝클어진 갈기에 덮인 불그레한 눈으로 우리를 쳐다봤다. 우리는 달리면서 재판소, 경찰청, 러시아 점령 초기에 세워진 그리스 정교회, 수염 달린 반나상들이 카리아티드 여신상들처럼 건물을 받치고 있는 독일 해운 회사 등 기이하게 생긴 건물들을 감상했다. 노점상들은 거센 바람을 맞으며 여행 가방, 자전거, 침대…… 자작나무로 만들어진 것은 무엇이든 팔았다. 상점에서는 외국에서 수입한 공산품을 팔았다. 소 혀 통조림과 면도기 같은 물건들이 크랍 장군의 초상화에 노란 리본으로 묶여 있다. 하지만 진열장 유리를 가득 채운 것은 유리에 반사된 우리 모습이었다. 우리는 유리 안으로 미끄러져 들어가 진열장 안의 물건들을 뒤덮고 삼켰다. 나는 진홍색 니스가 발라진 작은 관 안에 들어 있다. 헝클어진 내 머리가 관 밖으로 삐져나왔다. 눈물이 났다. 긴장한 내 다리 아래에서 바퀴 하나가 타원을 그리며 돌았다. 납작한 내 모습 위로 아이노의 모습이 겹쳐졌다. 그녀는 녹색 스웨터를 입고 왁스로 윤을 낸 엉덩이까지 올라오는 부츠를 신었다. 바람에 헝클어진 그녀의 짧은 금발이 부드럽게 빛났다. 감미로운 광기. 어둡고 사악한 가면 같은 고글이 그녀 얼굴의 반을 가리고 그 아래에는 두툼하고 젊고 자신감 넘치는 입술이 자리했다. 아이노는 역겨운 기름 냄새와 엔진에서 나는 이상한 소리에 상관하지 않고 사이드카를 열심히 운전했다. 교차로에서 엔진이 꺼지면 내 숨도 같이 멎었다. 브레이크를 밟고 커브를 돌 때 아이노는 허벅지 아래 배기통을 슬쩍 쳐다보고는 자신의 팔꿈치 아래에 있는 내게 미소를 보냈다. 도시를 빠져나가자마자 바로 시골 풍경이 시작됐다. 구름의 그림자가 길 위로 카펫처럼 깔리고 호수 위로 비치는 하늘은 어찌나 맑던지 갈매기가 까마귀처럼 보였다. 무선 통신 신호기가 아직도 달려 있는 펄프 상인들의 저택 몇 채를 지나 전나무숲 빈터에 만들어진 운동장에서는 운동선수들이 몸을 단련하고 있다. 우리는 길이라고 부를 수 없을 정도로 이곳저곳에 구멍이 난 길을 지나갔다. 나는 충격을 줄이려고 몸을 활처럼 구부리고 허리에 힘을 주고 사이드카를 꼭 붙잡았다. 그것이 재밌었는지 아이노가 웃으면서 급정지했는데 그 바람에 사이드카에서 떨어질 뻔했다. 그녀가 내 기분을 돌우려고 몇 마디 했지만 바람 소리에 가려 들리지 않았다. 얼마 지나지 않아 흰자작나무 숲이 시작됐다. 나무 가장자리가 검게 변해 있는 건 일종의 식물 사망 통지서라 할 수 있다. 간간히 류머티즘에 걸린 것처럼 가지가 뒤틀린 버드나무로 둘러져 있는 호수가 나왔다. 호수에 떠 있는 나무들은 제재소까지 떠내려가서 가까운 미래에 분홍색 성냥이 될 것이다!

한 달 전만 해도 나는 샹젤리제 대로에 있었다. 나무들이 벌써 그늘을 만들어 내기 시작했었다. 앰버서더 호텔은 새로 칠을 하고 살롱 전람회를 알리는 깃발이 나부꼈다. 자동차 왕래로 반들반들해진 아스팔트는 깊은 강물처럼 콩코르드 광장을 향해 흘러갔다. 샹젤리제가 그리웠다. 이곳엔 자작나무밖에 없다. 마로니에 나무 한 그루라도 볼 수 있다면 죽어도 여한이 없을 것 같은 생각이 들었다. 드레스덴에서는 돔이 녹색으로 변하고 라일락꽃이 만개하고 스웨덴에서는 쇄빙선이 들어가고 요트가 나오는데 여기는 아직도 나뭇잎의 크기가 작다. 이렇게 북쪽으로 올라가면 계절의 필름이 반대로 돌아가는 것 같다. 경적이 나고 기관차가 지나갔다. 기관차가 매달고 가는 탄수차에도 자작나무가 실려 있다.(장작으로 쓰기 위해 운송 중이다.) 입구가 넓은 연통에서 녹갈색 연기가 뿜어져 나왔다. 석탄을 땔 때 나는 파란 연기보다 아름답지 않지만 바람에 실려 우리 쪽으로 날아온 연기에서 톡 쏘는 나무향이 났다. 우리는 그 향에 취했다. 스키 대회를 위해 세운 나무 관람석이 눈이 녹아 뼈대를 드러내고 하늘에 생채기를 냈다.

나는 행복했다. 아이노의 손을 잡고 손목을 다정스럽게 어루만졌다. 덕분에 시동이 꺼지고 오토바이가 멈췄다. 그녀를 안았다. 그녀는 페달 위에 서서 고글을 이마로 밀어 올리고 머리핀을 뺀 후 손으로 머리를 빗어 넘겼다.

"프랑스 여자들은 이렇지 않죠, 그렇죠? 프랑스인 친구가 있는데 어찌나 머리가 큰지 자꾸 넘겨져요. 손에 뭘 들고 있지 못해요. 움직일 때마다 익은 과일이 떨어지는 것처럼 장갑, 주머니, 가방이 줄줄이 떨어져요."

나는 기분이 상했다.

"내가 아는 여자들은 전화로 옷을 주문하고 바닥 청소를 하고 복통 같은 건 않지 않아. 하지만 너처럼 침묵할 줄 아는 사람은 없지. 너처럼 햇볕에 그을린 피부와 캐시미어처럼 부드럽게 금속 링 안으로 미끄러져 들어가는 유연한 몸을 가진 사람은 없어."

그리고 복수를 했다.

"너희들은 비누를 먹고 까마귀 머리를 한 우상을 섬기지 않았어?"

G는 화강암 위에 세워진 별장이다. 핏빛 붉은색의 나무 집으로 문틀과 창틀은 하얀색이다. 문에 적힌 러시아어 글자는 긁혀 지워져 있다.

우리가 잘 방은 바로 붙어 있고 어느 방이 어느 방인지 구분하기 힘들 정도로 똑같았다. 창에 노란색 커튼이 달려 있고 가구는 자작나무로 되어 있고 커다란 하얀 도기 난로가 탑처럼 서 있고 이중창 사이에는 히아신스가 심어져 있다. 담뱃재를 어디다 떨궈야 할지 모를 정도로 방이 깨끗했다.

"자기 전에 찬 음식으로 요기해요."

"벌써? 식사 시간을 기다리는 게 낫지 않을까?"

그녀가 웃었다. 시계를 보니 밤 11시였다.

식탁 위에는 낚시라도 다녀온 것처럼 연어, 숭어, 청어, 안초비 한 묶음이 놓여 있었다. 하지만 마실 것은 우유와 발효가 안 된 맥주가 다였다. 내가 가방에서 노르웨이산 증류주 한 병을 조심스럽게 꺼냈다. 아이노가 박수를 치고는 머리핀으로 코르크 마개를 땄다. 기분이 좋았는지 헛기침까지 했다. 그녀는 술을 두 잔 따라 한 잔은 나에게 주고 다른 한 잔은 자신이 마셨다. 잔을 단번에 비운 후에는 차렷 자세로 신발 뒷굽을 부딪히고 입맛을 다셨다. 그리고 빈 잔 바닥을 나에게 보이고 고맙다고 했다. 의례적인 말이었는데 내가 이해할 수 있는 말이 아니었다. 그녀는 부츠를 벗어던지고 자수가 놓아진 농부 셔츠를 입었다. 식물성 상아 목걸이가 진짜 이빨처럼 흔들렸다.

우리는 영국 부부처럼 아무 말 없이 식사를 했다. 분도 립스틱도 바르지 않았지만 아이노의 볼에서는 빛이 났다. 스칸디나비아인들은 모두 그런 얼굴을 가졌다. 혈액 순환이 잘되어 야외에서 바람을 맞거나 누가 쳐다보기만 해도 분을 바른 것처럼 얼굴이 붉어진다. 술 두 병을 해치운 효과가 나타났다. 머리에서 윙윙거리는 소리가 났다.

이곳에서는 법으로 적당한 술 소비를 정하고 있지만 외국인이라면 으레 식사 자리에 베네딕틴 몇 병을 들고 나타날 것으로 기대한다. 술과 같이 먹었더니 생선의 풍미가 확 살아났다. 인기를 얻는 데 큰돈이 안 든다고 사람들은 말한다. 내 가방은 술 창고였다. 나는 스톡홀름 그랜드호텔의 바텐더에게 배운 시체 일으키기 그리고 덴마크에서 배운 은밀한 애무 등 다양하고 기발하고 공포스러운 칵테일을 만들었다. 아이노는 군말 없이 기분 좋게 그리고 무심하게 내가 만든 칵테일을 모두 받아 마셨다. 어찌나 무심했던지 셔츠를 벗어 보지 않겠느냐고 말을 건네기가 무색할 정도였다. 아이노는 접시를 손에 들고 여러 생선을 맛보며 탁자를 맴돌았다. 겨울에 설피를 신고 다니는 버릇 때문인지 발을 질질 끌었다. 그녀가 내 옆을 지날 때 콧구멍에 입을 맞추고 싶은 내 욕구를 격정적으로 표출했다. 그녀가 동의했다. 그녀의 살에서 타르와 왁스 향이 났다. 그녀의 머리를 붙잡고 얼굴을 꼼꼼히 살폈다. 몽골인의 얼굴이다. 납작한 코, 움푹 들어간 눈은 불그스레한 중국 여자들을 닮았다.

나는 서쪽 사람 특유의 멍청한 질문을 하고 말았다.

"부모님께서 뭐라고 하실까?"

"성 요한 축일이잖아요. G에서 잔다고 생각하실 거예요."

그녀의 솔직함과 거침없는 고백이 감동적이었다. 우리는 얼마나 간절히 하찮은 변명과 저열한 거짓말과 터무니없는 얘기들을 하지 않고 살기를 꿈꾸는가. 밤이 없는 이곳에서는 위선 역시 존재하지 않는다. 이곳에서는 솔직함과 자정의 햇빛 세례를 흠뻑 받을 수 있다.

"아이노는 땀이 많이 나지 않는 모양이야. 좋아해야 할지 섭섭해야 할지 모르겠지만 나를 두려워하지도 않고. 별에 소원을 빌지도 않아. 가식이 전혀 없고 올림머리 같은 것도 하지 않지. 파리의 내 친구들은 너를 보고 순백의 천사라고 할 거야. 너는 어리지만 아이 같지 않아. 밤 11시까지만 음악가인 체하는 사람도 있는데 너는 두 다리로 단단히 서서 발목을 빼는 일도 없고. 하루 종일 거울 앞에 서 있지도 않고."

"나는 프랑스 남자들이 좋아요. 여자들을 절대 심심하게 놔두지 않잖아요."

"프랑스 여자들도 매력이 있지. 단 조건이 있어. 오후에 같이 외출하고 저녁에 흥겹게 놀아 주고 밤에 애무하고 아침에는 혼자 있게 해 줄 때만 우리에게 잘해 주지. 프랑스 여자들의 금발은 진짜가 아냐. 네 금발이 진짜지."

"프랑스 여자들을 모독하지 말아요!"

"너의 그을린 피부, 푸른 멍, 무릎의 상처, 키스의 흔적, 머리칼에 가려 햇볕에 타지 않은 하얀 살이 좋아. 겸손하고 건실한 네가 좋아. 반지가 끼어 있지 않은 그 손도. 나도 이제 여자들이 나만 보면 사랑에 빠질 거라고 생각할 나이는 지났어."

나는 크고 불그레한 아이노의 손을 잡았다. 그녀의 알몸을 이미 본 것이 다행이다. 어떤 오해도, 어떤 반전도 없이 내 눈 앞에 있는 몸뚱이에 대해 정확하게 알고 있으니. 그때까지 지극히 익숙했던 거짓과 허세, 그러니까 호사스러운 옷, 야릇한 미광 아래서 재간을 부리는 베일, 요술 막대나 되는 양, 끝까지 벗지 않고 움켜쥐고 있는 블라우스 뒤에 도사린 실망은 존재하지 않는다.

아이노는 이 나라에서 사는 동물들, 섬에 사는 동물들과 호수에 사는 물고기들을 열거했다. 섬과 호수가 어찌나 똑같던지 호수에서 꺼낸 흙으로 섬을 만들었다고 해도 믿을 정도다. 동물 똥으로 뒤덮인 절벽에 약국 진열장의 약병들처럼 줄 맞춰 서 있는 펭귄, 아르헨티나 남자들처럼 머리를 빗어 넘긴 비버, 깃털이 하얀 수리부엉이, 기름 잘 바른 대포처럼 번들번들한 바다표범, 땅 끝 마지막 나무에 발톱 자국을 내는 곰, 화강암 바위 사이에 서 있는 순록, 찬란한 빙하, 화려한 해빙, 마법 같은 여름에 대해 얘기했다.

"위스키 있어요?" 아이노가 물었다. "난 위스키가 좋아요. 위스키가 없으면 치약에 물을 타서 마셔요. 그러면 배를 타는 것 같거든요."

그때 아이노가 술에 취했다는 것을 알았다. 그녀는 크게 웃지도 이빨로 술잔을 깨지도 신발을 벗어던지거나 식탁 밑으로 들어가지도 않았다. 대신 맛없고 물기가 많은 큼지막한 오이피클을 깨물어 먹고 휴지로 입을 닦았다. 그리고 나를 자기라고 불렀다. 얼마나 이 순간을 기다렸던가. 폴란드 여자들이 보석 훔친 이야기를 하고 독일 여자가 산문시를 낭독하고 미국 여자들이 흑인들을 쫓아내라고 요구하고 흑인 여자들이 기술자들에게 몸을 허락하고, 스페인 사람들이 "입술은 영성체를 받기 위한 것"이라며 키스를 거부하고, 영국 여자들이 돈을 요구하는 그런 순간이다.

아이노를 껴안고 싶은 욕구를 느꼈다. 그녀는 몸을 바로 세우려고 애쓰다가 힘을 잃고 미끄러지면서 한마디 했다. "나는 아니에요……" 말을 마치지 못하고 양팔을 벌리고 바닥에

드러누웠다.

　아이노를 침대에 눕혔다. 그녀는 거칠게 숨을 내쉬었다. 나무껍질처럼 셔츠의 앞섶이 벌어져 있었다. 그녀의 가슴을 또 보게 되었다. 노 젓기로 단단해진 흉근 덕에 가슴이 어깨에 착 달라붙어 있다. 나는 그녀의 이마에 찬물을 적신 천을 올려놓았다. 그녀의 두 다리는 갈색으로 아름답게 그을었다……

　"안 돼……" 그녀가 말했다.

　그녀는 방금 세상에 나온 고양이처럼 붙어 있는 눈을 힘들게 뜨고 일어나 구토를 했다.

　하늘에는 벌써 송곳같이 뾰족뾰족한 것이 달린 별자리들이 보이기 시작했다. 아코디언은 가끔 호흡이 가빠지고 몸뚱이가 동강 난 지렁이처럼 뒤틀리고 꼬인 소리를 냈다. 아이노와 나는 유람선 앞쪽에 있었다. 커플들이 낄낄거렸다. 아니면 갈매기들이었나? 섬까지 아직 반도 안 왔다. 하지만 바닷물에 실려 온 사람들의 말이 단편적으로 들려왔다. 전나무 꼭대기가 보랏빛으로 변했다.

　아이노는 해가 중천에 뜰 때까지 잤다. 중간에 한 번 일어나서 물을 2리터 마시고 다시 잔 것을 제외하고 계속 잤다. 그녀가 내 가방을 뒤져 코냑 한 병을 찾아냈는데 내가 바다로 던져 버리겠다고 위협했다. 그랬더니 비르지니의 투명한 눈으로 나를 올려보고는 염소로 돌변해 머리로 나를 받았다. 나는 그녀가 정신을 잃어 상황을 피한 것이 아직도 화가 났다. 그녀의 침묵은 원주민이 백인을 질책하는 것처럼 느껴졌다. '못된 백인! 불 같은 물을 가져오다니!' 나는 설명을 해야 할 필요가 있겠다고 생각했다.

"나의 조국은 와인의 나라야. 절제와 사교의 나라……"

"성 요한 축일 밤에는 싸우면 안 돼요." 아이노가 내 말을 막았다.

나무둥치 뒤에 갇힌 태양이 잘린 순무처럼 보였다. 유람선이 부두에 정박했다. 닻 두 개가 구멍에서 나왔다. 자정이다. 귤빛 하늘에 적갈색 줄무늬가 어리는 이상한 시간이다. 호수 위로 연기 기둥이 올라왔다. 우리는 생선 뼈, 종이, 콘돔, 레이스가 달린 속옷이 덜 보이는 오솔길로 들어섰다. 거대한 화강암 바위 위에 피운 모닥불로 섬은 환했다. 호수 위에도 불이 떠다녔다.

"잠깐요." 눈을 맑게 해 주는 샘 근처에서 아이노가 멈췄다. "불은 태양을 상징하고 태양이 돌아오도록 불을 피우는 거예요. 바위는 성(性)을 상징하고요."

"차라리 나를 자기라고 부르면 어때?" 나는 농담을 했다.

어둠 속에서 남자와 여자 들이 땅에 누워 우리의 출연에도 아랑곳하지 않고 세상에 등을 돌린 채 쾌락에 몰두했다. 우리는 그들을 넘어갔다. 다른 곳에서는 사람들이 노는 소리로 소란스러웠다. 노랫소리가 나고 총소리도 났다.

마가목 아래서는 젊은 여자들이 이삭을 분리하며 점괘를 읽고 있었다. 솔잎 태우는 냄새와 브리오시 빵 굽는 냄새가 났다. 사람들이 팔과 다리를 휘두르며 모닥불을 뛰어넘으며 소원을 빌었다. 검은 그림자들이 땅바닥에서 경이롭게 어른거리다가 불꽃에 부딪혔다.

나는 아이노에게 그동안 어떻게 살았는지 말해 달라고 졸랐다. 그녀는 자신은 모든 일에 열심이지만 몽상가라고도 말했다. 작년에 최북단 영토 담당 비서관으로 임명되어 볼셰비

키와의 협상에 참여했는데 금줄이 달린 군복과 독수리 깃털이 달린 이각모까지 스톡홀름에서 주문해서 협정서에 서명하는 날 입었다고 했다. 갑자기 허리께가 편해졌다는 것을 아이노가 눈치챘다. 그녀가 말하는 동안 내가 그녀의 옷 단추를 풀었던 것이다.

그녀에게 내가 무엇을 원하는지 작은 소리로 돌려 말했다. 돌아온 답은 이랬다.

"나는 가족들과 있을 때만 옷을 벗어요."

우리는 빈터로 가서 앉았다. 암소들 때문인지 땅에서 시큼한 젖 냄새가 났다. 여자들은 약하게 신음을 내며 큰 손을 가진 시큰둥한 남자들을 흥분시키려고 애썼다. 누군가 구덩이로 떨어졌는지 비명이 나고 마른 나뭇가지처럼 뼈가 부러지는 소리가 났다.

"무슨 생각 하세요?" 아이노가 물었다.

"위대한 사투르날리아 축제가 음탕하고, 거짓말 잘하고 조심성 없는 한 프랑스 남자의 영혼을 사로잡은 것에 대해서. 뉴욕에는 8월이 되면 밤늦게까지 문을 여는 공원들이 있어. 후덥지근하게 무더운 날이면 공원 풀밭은 셔츠를 입은 노동자들과 아일랜드 여자들이 같이 뒹구는 임시 묘지로 변하지. 가끔 나폴리 출신 정비공이 테너의 목소리를 자랑하기도 하고 슬라브인들이 모여서 합창을 하기도 해. 양떼가 풀을 뜯고 있는 겨울 하이드파크에서는 커플들이 어깨까지 올라온 안개 속에서 구세군들이 내지르는 소리를 들으며 키스를 해. 마드리드의 레콜레토스 광장에서는 말이야, 리츠 호텔에 주차되어 있는 자동차 뒤에서 검정 벨벳을 입은 노새꾼들이 여자들의 무명 속치마 속에서 기운을 차리지. 타히티는 어떻고. 한 무리의 여자들이 배까지 수영을 해서 가서 남자들을 만나고 파리에서는 곱슬머리 어린애들이 성벽 수로에서……"

아이노는 두 팔로 내 목을 감쌌다.

"당신은 더러운 외국 돼지예요."

나는 그녀를 품에 안았다. 그녀는 그렇게 밤새 내 품에 있었다. 10분 정도 지났을까. 물속으로 들어갔던 태양이 잠깐 몸을 담갔다가 서둘러 나왔다.

옮긴이 　한국외국어대학교 불어과와 같은 대학교 통역대학원 한불과를
임명주 　졸업했다. 옮긴 책으로 볼테르의 『불손한 철학사전』, 샤를 단치
의 『걸작에 관하여』, 프랑스 대표적인 추리 소설 작가 미셸 뷔시
의 『그림자 소녀』, 『절대 잊지 마』, 르롱바르 출판사 콩트르샹 시
리즈 그래픽노블 『프리드리히 니체』, 『헨리 소로우』, 『폴 고갱』
등이 있다. 출판 기획 및 번역 네트워크 '사이에'에서 활동한다.

밤을 열다 　1판 1쇄 찍음 2020년 1월 10일
　　　　　　1판 1쇄 펴냄 2020년 1월 17일

　　　　　　지은이 폴 모랑
　　　　　　옮긴이 임명주
　　　　　　발행인 박근섭, 박상준
　　　　　　펴낸곳 (주)민음사

　　　　　　출판등록 1966. 5. 19. 제16-490호
　　　　　　서울특별시 강남구 도산대로1길 62(신사동)
　　　　　　강남출판문화센터 5층 06027
　　　　　　대표전화 02-515-2000 팩시밀리 02-515-2007
　　　　　　www.minumsa.com

　　　　　　ⓒ 임명주, 2020. Printed in Seoul, Korea

　　　　　　ISBN 978 89 374 2962 0 04800
　　　　　　ISBN 978 89 374 2900 2 (세트)

쏜살 자기만의 방 버지니아 울프 | 이미애 옮김

엄마는 페미니스트 치마만다 응고지 아디치에 | 황가한 옮김

마르그리트 뒤라스의 글 마르그리트 뒤라스 | 윤진 옮김

사건 아니 에르노 | 윤석헌 옮김

여름의 책 토베 얀손 | 안미란 옮김

두 손 가벼운 여행 토베 얀손 | 안미란 옮김

이별의 김포공항 박완서

해방촌 가는 길 강신재

소금 강경애 | 심진경 엮고 옮김

런던 거리 헤매기 버지니아 울프 | 이미애 옮김

지난날의 스케치 버지니아 울프 | 이미애 옮김

물질적 삶 마르그리트 뒤라스 | 윤진 옮김

뭔가 유치하지만 매우 자연스러운(근간) 캐서린 맨스필드 | 박소현 옮김

엄마 실격(근간) 샬럿 퍼킨스 길먼 | 이은숙 옮김

제복의 소녀(근간) 크리스타 빈슬로 | 박광자 옮김

세 가지 인생(근간) 거트루드 스타인 | 이은숙 옮김